三民叢刊203

大話小說

莊因著

三民書局印行

代序

莊因

這是我的一本純「雜文」集。所謂「散文」，就我的說法，是喻理於情，作適當之拿捏。我不太喜歡天馬行空式的純感性文字，言之無物，空空泛泛。但我也不太喜歡故作緊嚴，敷說大道理的文章。那樣的文章，純屬理論性質，有其「硬」的寫法，是不宜於以「散文」體式為之的。是故，「情」與「理」之拿捏，務必恰到好處。

這也就是我寫雜文的基本態度。

雜文既為「散文」的一部份，非常重要的一點，也就是「文字」的基本功夫。時下的散文，常見意旨題材甚好的，可惜文字不夠練達，總感欠了少了些什麼。

我想我自己還是不要說得太多，說得太多就難免有了「陳言」之譏。還是請讀者來作成結論罷。

一九九九年十一月、在天之涯

大話小說 目 次

中卷／書齋隨想

下卷／隔海遙看

上卷　舊聞偶拾

「握箸待助」說

1

前兩天的《紐約時報》上刊了一篇報導日本「筷災」的新聞。「筷災」一辭是我杜撰。該條消息標題原文是：Japan Losing It's Grip on Chopsticks，覺得譯成中文甚是累贅，就索性把它漢化了。此處言「災」，言其災情慘重也。試想，根據上月日本文部省公布的統計數字，接受該省抽樣調查的小學兒童，居然過半數不能正確使用這一日三餐不可或缺的傢伙，難道不是災情慘重嗎？筷子並非美國人的餐具，撰稿的記者當然不會使用「災」這樣的重字。可是品味標題，在近十年來山姆大叔一直被「小日本」(Japs)的經濟壓力壓縮得氣苦非常，彷彿事事不如人的心理狀態下，就多少予人這下子抓住了小辮子的那種「幸災樂禍」酸溜溜感覺了。言其為「災」，不亦宜乎？

既言其為災，到底災情嚴重到什麼程度呢？首都東京市的警察廳業已採取救災對應措施，給新警員加開了一門「筷子的使用及禮儀」的功課，此其一；在東京市熙攘的新宿區，一家公司搞起了一項新買賣，開辦「正確使用筷子訓練班」，為期三個月，每周授課兩小時，收費約合美金八十元，此其二；百貨公司及大型市場上大量推銷一種專供練習用的塑膠製筷子，在正確握箸方位裝配上小套環，俾對年輕人手指繩之以「法」。此物自去年年底問世以後，大為暢銷，目前已打破了日售一萬雙的紀錄了，此其三。

對於筷災的重視，不僅從日本市井大眾求正確握筷若渴的熱烈反響和投機商人大發利市的事實上可以看出一斑，有趣的是，文部省的這項調查報告刻已引起學者專家廣泛關注，某些人竟視之為「國恥」，聲言「筷災」乃是大和衰敗不祥徵兆了。他們說：以日本區區四島小國，之所以能與歐美列強大國頡頏甚且東風壓倒西風，端仰大和子民的靈巧機智，而這點慧根就在使箸靈活自如上展現無遺。此一說法早是舉國一致公認不爭之實。所以，「筷災」之來，真是驚心動魄的九級大地震。尤有甚者，有的人說，如果有人覺得筷子象徵著日本人造成戰後經濟奇蹟的聰明伶俐和善於應變的話，也絕不為過。

除了這種普遍獲得支持的「大和超人江河日下說」以外，也有少數學者專家將此災情歸咎於日本人逐漸西化的飲食習慣，說是刀叉的地位已經與筷子等量齊觀了。另一種說法則對現代教育制度大加撻伐，認為現行制度只重考試而忽略了教育青少年如何應付日常細瑣。比方說，知道怎麼把蘋果皮削掉，和怎麼用一把刀來削鉛筆的青少年已日漸凋零了。不過，鐮倉某家女子大學的一位教授，以他從事「青年人學習基本日常生活技能之道」的專題研究心得為本，卻獨排眾說，單刀直入的打法瓦解了太極拳的招式，把「風俗之敗奚自乎」的真正原因，毫不留情地派到了成人頭上。他一針見血的指出：「別強找因由，也不必罔顧左右了。說穿了就是大人無能，自己不知如何正確掌握筷子，怎麼可以以身示範教導兒女呢？」此公態度嚴肅、出語中肯而不失君子之風。其實，如果套用一句中國的歇後語「黃鼠狼下耗子——一代不如一代」，還可以幽他一默哩！

那麼，每下愈況的情形究如何？此公說：一般人握箸一如握鉛筆然，也有多用中指與無名指為支撐的，或將兩支筷子交疊使用，再不然就是緊握底部以免「失手」，不一而足。其結果，持箸者為防丟人現眼，於是進餐時採取一種羞於見人悶頭就食的「狗吃屎」式以藏拙。至於小孩，乾脆以箸插食，彷彿回返射魚逐獸的有巢氏時代了。

2

箸之為物，源自中國。姑不論何時流傳東瀛，對我們來說，是幾乎恩同父母的。日本人以握箸喻大和民族的優秀機巧，固然稍顯小題大作，難免掠美，但他們的「警覺」於握筷現象，倒頗值得我們玩味。中、日二民族之不同處甚多，不過在許多方面，簡言之，我們經常表現的是一種「大而化之」的態度，而他們則常是不苟不且、分毫細究的。我們喜歡說傳統、話傳統，傳統中精粹不勝枚舉，談言者便也美不勝說；反觀日人，他們的傳統，如果用不算過分的說法，幾乎一半來自中華，其精粹為數不多，但他們並不善於掛懸唇角舌下，而是努力維護之、慎視之以告國人以示世人。打個比方，我們是世家門第，對寶物一向不知珍惜；而他們一似老僕家傭，得到一二賞賜則視如生命，世代珍藏。公子到頭來落難狼狽，而僕傭則勤儉立業，蔚為望族了。

話說遠了，從速回頭。日本人在怎麼對國民正確拿筷子的再教育方面所表現的慎重，的確可供我們借鑑三思。我們似乎已經很少注意這樣的細事了。百年以還，一直在為興邦振業呼號，一直在高談現代化，而人家短短一個明治維新就奠下後世富國強民的現代化基業，這芝麻大小的「筷子反應」，不能不說是他們成功的原因之一。在臺灣海峽的那邊，到今天仍有生計困難的實況，還要張羅吃飯問題，飽了肚皮再說，誰管怎麼拿筷子！

我常覺得海峽彼岸那塊地方，彷佛是個異數，有時真有不知從何說起的氣苦，不談也罷。那麼就來看看豐衣足食的海峽此岸罷。話題既是筷子，就以衣、食、住、行民生四事的「吃」說起。

國人嗜吃，早已名揚寰宇。三日一大宴，五日一小宴，事屬尋常。我在臺北某名學府身為教授的一位朋友曾喟然歎曰：「我一個月簡直就無法在家好好地輕輕鬆鬆地吃一頓飯，真是痛苦。」痛苦而樂此不疲，足見本事高強，內功定力深厚。海外寄寓，生活稀鬆平常，慶幸自家尚無吾友的那種苦與樂。不過，偶有酬酢，十人一桌的盛筵場面也忝陪末座過幾次。紳仕淑女握箸之方式，真是形形色色，各領風騷，漪歟乎美盛哉！握箸之正確方式，是以右手大拇指下壓，無名指承托穩住一支筷子，另一支則操於食指與中指間，再以大拇指尖端旁助以為上下張闔，乃可自由運轉。食物體不分巨細寬窄厚薄，形狀無論方稜扁圓長短，必可手到拈來。倘若不幸有不諳握箸者在座，那就發生「筷災」了。某次赴宴，貴賓為一白髮皤皤德慧雙修長者。第一道「富貴大拼盤」上來之後，照例賓主舉酒為禮畢，主人敦促主客領先下箸。但見長者含笑承情，連稱不敢。於是以握鉛筆法捉箸出筷，伸向盤中央一撮海蜇。奈何那玩意兒滑不溜鰍，拒不合作。長者鉤挑拐捕，竟無所獲。此時，旁坐的那位瀟灑中年漢子見義勇為，欠身起立出箸相助。殊知此人握筷是上下交疊式，上面那一支筷子好似失靈的羅盤針，滴溜溜左右迴旋亂轉，全不受指使。待其好不容易穩住筷腳，便以那丈八蛇矛直刺前胸的一招，將一雙筷子插入了那團亂絲般的海蜇皮中，整撮食物被一挑而起。長者見狀慌忙出箸相迎，四箸穿身，彷彿番人出狩獵獲大山豬一頭，四人以擔架扛抬，凱歸山社村前廣場一樣，把那團海蜇皮安放在長者盤中去了。目擊此景，當時心中忐忑，暗禱神明，希望接下來下箸的那位仁人君子務必是個深諳用筷之道的高手。

3

筷子的式微，其實是在現代文明精緻、捷便、及經濟的攻勢下很自然也無情的現象。日本人引以為「恥」的傷痛情緒也是很容易理解的。其實，在衣、住、行三方面，日本人不但早就接受了西方現代文明的贈與，而且享之樂之，改之良之，甚至有時候更青出於藍了。女子和服的穿著，費料費工費時，那及得一件套頭洋裝一條裙子或牛仔褲經濟方便？男人的和服雖說穿起來鬆寬舒適並不費事，但是幹起活兒來就另當別論了。榻榻米的屋子可以享受雅致純樸之美，卻無法得到冷暖氣的調節及防盜安全。再說，人口增加迅速，空間日益減少，高樓大廈的發展是勢在必行的。行也一樣，從前最速的交通要算加鞭快馬了，今天朝辭白帝的話，千里江陵只消一個時辰不到就夠了。而「食」這方面接受現代化最慢，正因為飲食習慣非朝夕說改就可以改的。日本人今天才逐漸覺悟到現代文明怪物的觸鬚居然早就像孫悟空變成的小蟲吃在肚裡，日益膨脹坐大，不知不覺地把手指的功能從握箸握毛筆削果皮切菜裁縫……等等等等方面轉移到抓鉛筆握刀叉（甚至乾脆用手抓）按電鈕打字等等等等上，只是感覺上在吃生魚片壽司的時候，不能接受刀叉的意不能平而已。照文明發展的速度，和漢堡牛肉餅像落地生根的榕樹般盤向世界五大洲的實況，難保再一個世紀——也許不必——筷子永遠會像漢朝的木簡一樣，只不過是博物館中一項歷史陳跡。

在這篇發自東京的報導文章中，撰文記者還語重心長地說到，舉一反三，從筷災而聯想到日本人現在連應該怎麼倒茶，恐怕也須要來一番反省了。日本是一個勇於反省、肯於改進、樂於接受新事物新觀念的國家，這也是大和民族歷史精神。他們尚且在一朝驚覺文明的無情侵蝕而傷逝難遣，我們呢？我們的生活哲學是：適可而止，大而化之；一動不如一靜，處變不驚，以不變應萬變。我們的觀念好似一面出土的漢代古鏡，鏽腐斑駁，已經殘敗得不易照鑑了。如果有人認為日本人對於不能正確握箸的反省是應該正視的課題，於進餐時握箸自我檢查待助，一定會有人一巴掌重重敲在他肩膀上，自認聰明以嘲諷的口氣對他說：「怎麼啦，老兄？覺得不會正確使筷子丟人了是不是？哎呀！這十億同胞中又不是僅你一人，大家彼此彼此。誰管你怎麼拿筷子！把東西放進嘴巴裡最要緊。就算會正確握箸，也只有一張嘴巴對不對？」稍微慧黠些的，則當同胞舉箸維艱時，像變魔術似的瞅不冷子遞給他一把叉子，擠擠眼輕柔地說：「來，使使這個東西看！先吃罷！」

——一九八四年七月五日《中國時報》「人間」副刊

「握箸待助」說補

1

一九八四年六月下旬，我因讀了一條《紐約時報》上發自日本東京的新聞，事關日本學齡兒童普遍發生握箸困難，一時有感，寫下了〈「握箸待助」說〉一文。十一年後，又在翻檢舊報紙時發現了另一條有關筷子的新聞，竟又意不能平，爰成此文，述說如下。

2

此次筷子事件，乃據某英文報載，一九八四年十二月二十二日，中國北京廣播電臺播出近期中共中央總書記胡耀邦先生視察內蒙古時所發表的一篇談話。大意謂：中國人吃飯素來圍桌而坐眾箸齊下取食的方式，太不合乎衛生，今後應改用西式刀叉，採取中菜西吃的辦法，個人自取盤中食物，以免傳染病的流行云云。於是乎，次日的《人民日報》便刊出了一篇支持「胡說」的評論文字，非但認為西方用刀叉自個人所用盤碟中取食的方式正是「文明健康進步科學的生活方式」，更足以減少中國流行性痼疾如肝炎等的流行。該文並稱，胡大人更表示，這一代的中國人，宜多食用奶類及肉類或其他含高單位蛋白質的食品，以取代穀類及蔬菜。飲食的改變，可視為改善中國人民生活品質的大轉捩點，勢將成為一項大勝利。

胡說和《人民日報》對其所作的小註是否合乎邏輯此處不論，我對「胡說」何以在其視察內蒙之後的斯時斯地發表，倒是頗感興趣。據我臆猜，大約是因為胡大人在蒙古包中席地而坐，大啖了以手抓食羊肉的大餐，豪飲了大杯奶茶之餘，一時想起了「四化」及當前大力推展落實的新經濟政策，於是乎採用了政治僵化一切的手法，做成了一種巧妙的一箭雙鵰的況喻吧！我們知道，當時胡耀邦和趙紫陽二人大力推行的新經濟政策——即由僵硬的集體計畫經濟過渡到有限度具彈性的市場消費經濟——遭逢巨大阻力，前途難料。吃了三十多年的大鍋飯，政府今後不再供應了，改由地方政府各自想轍因應，人民必須自求多福了。從眾箸齊下的吃食方式易為自個人盤碟之中取食「吃獨食」的方式，不正是意味著經濟政策的易改麼？

問題是：「胡說」既云在原則理念上表示了國家對於人民生活必須現代化的關切，而現代化即謂「西化」，這都沒錯。可是，是否說十二億的中國人即應向竹筷、白菜、豆腐、燒餅油條、包子饅頭和大米揮淚告別，而由政府加派專車專人，挨家沿戶將筷子飯碗收走，配以刀叉碟盤，市場上則供應牛排牛奶，來它一個「焚箸坑碗」就好了呢？若胡大人提示的標準答案不幸正是YES，那「胡說」真的是胡說了。

3

現代化是沒有錯的。可是，在中國談現代化，絕不始自口體，而是在思想行為上，揚棄過時腐敗顢頇，代之以求新觀念，是始於腦髓的。所謂現代化，並不等於全盤西化。要不然，我們為什麼不捨棄漢字而用ABC呢？為什麼不拋棄張王李趙而代之以Smith、Ford和Roosevelt呢？自康梁維新到洋務運動而五四，求新求變，已經是上下叫破了喉嚨、喊破了嘴、說短了舌頭、突出了雙眼的大原則大方向了，可是，為什麼搞了大半世紀卻搞出了一個口口聲聲要解人民於倒懸，而實際上卻要君臨天下滿腦子帝王思想的暴君毛澤東呢？

說穿了，所謂現代化，恐怕還是五四運動提出了的德先生(democracy)和賽先生(science)兩位了。此乃治本的不二法門。無奈德翁一開始就命運多舛，處處碰壁，到了中共執政，乾脆把此公下了獸監動物園，搞出了一個五星光耀的人民大會堂，而由一批如猴子似的人民代表在耍橡皮圖章。一言堂嘛！那麼，賽翁呢？此公原就是一個沒心沒肺沒有大腦的傢伙，從不頂撞，一門忠烈，掛帥頻頻，福氣可大了，中國的賽先生已經乘火箭直上太空了！諾貝爾世界科學大獎炎黃子孫已經拿奪了數面獎牌了！當年的「洋務運動」，其實走捷徑厚此薄彼只邀請賽翁風光，因為要的是洋槍洋炮，那麼就應該直呼之曰「洋物運動」才對。「務」者，務本務實，積極參與，在在求新求變。洋務也者，仿效洋人處理事務，務實務本也。這是一個手段，所當為求是的是：健全的自由民主政治、合理的法制體系、刺激消費公平競爭的自由貿易經濟、精益求精日日新苟日新的研討精神、任怨任勞有擔當的負責作風、講究效率敬業的工作態度。似此，胡大人的現代論，以刀叉代碗筷，以肉奶換穀物，這是開玩笑，若用一個四字成語來形容，簡直是「捨本逐末」。柏楊先生曾云，「崇洋」可以，但「媚外」則萬不可，而胡大人之說偏偏就是不幸被言中了。日本人搞維新，他們也沒有廢吃大米壽司，仍然喝茶，人家的現代化走到哪裡去了？

總而言之，《人民日報》上的「胡說」注文所謂以刀叉代筷子，以吃獨食的方式吃中餐才是「文明、健康、科學的生活方式」的說法，真令人仰天太息，憮然久之。「文明」乃是「野蠻」的反面，難道我們沿用了數千年用筷子碗吃飯的習慣，吃大米青菜豆腐的方式就是野蠻的麼？胡大人願意承認自己就是不文明的生番胡人麼？如果筷子碗和眾箸齊下的吃食方式乃是傳染疾病的媒介，則中華民族恐怕老早就絕種於歷史了，中國人口也絕不會暴增到今天的十二億大關，搞得人人發急發愁了。

有趣的是，洋記者對於胡大人的「進化論」可幽了一默，用「反傳統、跡近離奇古怪的作風」(Unconventional, almost quirky style)來形容胡大人的表態。不僅如此，這位發稿於北京的記者，還在稿末為「胡說」批了八字，認為大多數中國人民必對此種說法訕笑不已。我想，有這樣的報導，大概是因為該記者無法像在美國或世界上任何一個自由國度，可以手執錄音機，在大街上請人民隨意發表心聲反應的緣故罷，至少我們可以閉目想像人民面部的表情了。

4

且言「胡說」經美國報紙披露之後，東西兩岸大城的華埠，次日便有了一面倒的負面反應。紐約蠻漢灘西五十五街「揚州樓」的店東如是說：「筷子將永遠存在。他們（此君未用「他」）可以隨便說，不過，幾千年的傳統是不會因此改易的。」西五十街「陶陶酒家」的經理大人也表示：「筷子就是為中國吃食而發明的。吃麵條、雞丁、肉絲，就得用筷子，用叉子刀子硬是糟透。刀叉根本不宜吃中餐。」而灘上「金龍酒家」的女經理梁女士，更是一手握箸，夾起了一個肥大的春捲，傲氣十足地對美國記者說：「就是這麼兩根小棍子，你瞧，由你為所欲為。誰要刀子叉子？」店中的幾位食客，經記者採訪，紛道：中餐所用的材料都是事先切割好了，因此無需刀叉。眾箸齊下，圍桌而坐，共襄盛舉，充分顯示家庭和諧氣氛。再說，現在吃中餐，大家多用「公匙」，自盤碗中取出食物放置個人盤中，便也沒有所謂的衛生問題。一言以蔽之，「胡說」就是胡說。一位比較衝動的食客，更反詰記者道：「咱們中國人可是從小就使用筷子長大的。我問你，如果我讓你改用筷子吃西餐，行嗎？」

身在海外異域的炎黃子孫對於「胡說」的反應略如前述，我認為胡說根本就是「口是心非」。難道胡大人願意平白放棄大米紅燒肉宮保雞丁，每天啃麵包吃「氣死」(Cheese)嗎？見鬼！這樣的話，是說給人民聽的，表示共產黨員頭腦的先進不滯，而自己肯定是不信的。這就跟毛澤東早年一意再三推行簡體字，全國上下交相習用，而他老人家自己卻用毛筆在宣紙上獨書毛體繁字，做舊詩詞，然後用老舊的線裝出版一樣，充分表現官僚氣，太不「無產階級」化了。於是乎，我想在此談談一己的感想了。

感想一是：何以中國人該用什麼方式吃飯、用什麼傢伙吃飯、吃什麼飯等等問題，需要勞動尊貴的黨總書記胡大人來張羅、來統一規劃呢？區區認為胡大人大可省下腦汁精力，來考慮貫徹那些更大、更重要、更直接與國計民生有關的問題，諸如：如何改進全國住的環境與衛生？如何改善交通？如何貨暢其流？如何雷厲風行、徹底提高全國教育水平？如何普遍人民的道德責任感？如何善用這些年來在海外接受高級教育學成歸國的青年知識分子？如何集結配合有限的人力財力，加強農業改良及推廣？如何繁盛各界？如何提高人民的素質？如何增建民生？……等等。最重要的，是如何改進強化黨組織？如何建立名副其實的法制系統？如何確保民權？如何讓人民真的當家作主？如何不在一天之內槍決四十人？……如果把這些問題，想透徹了，真執行了，這才是讓中國走上「文明、健康、科學」的大路，這才是造福於民。質言之，如何把德先生自獸監中解放出來，還其自由之身，那麼，不消說四個現代化，就是百個、千個、萬個，都會一一迎刃而解，真的「前途一片大好」了。

刀叉與筷子不能和平共存，其理論根據仍是「一言堂」。知道了這點，對於鄧小平所說「不論白貓黑貓，能抓老鼠就好」的論調，我們便知道這只是一時權宜之計，實際上與「治本」完全沒有關係。

感想二是，「胡說」所代表的，仍是自清末以來有識之士認識現代化乃當務之急，但不幸卻流演成只取西化皮毛的意識形態。中國，被毛澤東「東風壓倒西風」莫名其妙的謬論害苦了二十多年，而終於「改革開放」了，此時勢須小心將事，最怕就是引進西方皮相的東西，而未能引進西方的文化精神。很不幸的，中國目下的情況正復如此。十年前，中共當局邀請了法國巴黎名服飾家去中國，期為中國人民設計拋棄毛裝以後的代用品。結果，法國人在舞臺上公開展示了他們設計的奇裝異服，居然連政府領導人都目瞪口呆，虎頭蛇尾，不了了之。

一直到現在，時裝模特兒的展示自始就是各方喜愛的職業與活動。我們幾乎每天在中國大陸提供的電視節目上都可看見。這需要嗎？再看，大陸的出版物，無論書籍雜誌，封面設計常見英文字母的拼音，一大排。外國人不知普通話拼音者不知其義，中國人因拼音而無聲調符號又難猜究係什麼，只覺氣苦。這是為的哪般？如果怕洋人不懂中文，何不乾脆將書名文名譯成英文？不行，內容仍是中文方塊字仍然沒有達到目的。總之，這樣的現代化，套句吳魯芹先生的話，就落入「洋架子」中去了。

——一九九五年四月二十六日《中國時報》「人間」副刊

吃野味，跟跟吃有關的一些問題

東也吃，西也吃，吃到企鵝虎豹獅，國際人笑嗤。
苦沈思，細尋思，百思不解無計施，禍福且由之。

——調寄〈長相憶〉

八月下旬三天勞工節長假一過，美國人感覺上就算暑往秋來了。對我而言，八九月之交，大學暑課結束，孩子開學返校，長夏三月中過境的親友也都大體棲歸各方，寒舍遽然寂靜下來，酒冷蟹殘，閒散心情隨之而生，正從容調適培養情緒之時也。去歲亦不例外。於是就趁三天假日，打開櫃子「動手動腳找東西」，看看有無什麼殘杯冷炙可食。所謂殘杯冷炙，平日無暇過目的中文舊報紙也。日進五份之量，碰上俗務蝟集，只好貯放一旁，等待稍有餘裕再拿出來翻翻，以陳糧為精神進補。由於時日已久，吃「火候」的美妙感覺不復存在，就自嘲為殘杯冷炙了。

吃殘杯冷炙的心情，朵頤稱快是絕對談不上的，甚至於「閒散」二字也不相稱。最多是勉為其難，聊盡心意。《水滸傳》裡好漢說的「胡亂吃了」四字倒庶幾乎近似矣。但是，也就由於「胡亂」之故，偶一不慎，咬到一塊碎骨或花椒大料乃至辣椒之類，其委屈嘔心，簡直不可名狀。讀舊報紙看舊新聞的感覺亦復如是。

那天，當我信手翻閱年前一份舊報紙的時候，不禁怵然而驚，繼則欲嘔。頁上的大標題這樣寫著：

宰獅殺虎吃豹肉啃犀牛角
臺灣赫然進口鯨魚肉行銷

宰殺吃啃四動詞連用，筆力萬鈞，一下子竟讓我想到了李清照〈聲聲慢〉那句「尋尋覓覓冷冷清清悽悽慘慘戚戚」的詞來。新聞根據中央社報導，以「本報臺北訊」開始，不能賴說外電對國人吃相曲意醜化。區區二十二字的標題竟告示五種受害動物，我的良心不允許自己顧左右而言他了。細讀之下，發現「宰獅」、「啃犀牛角」皆不實。獅在文中未再出現，犀牛角也只說是臺灣「進口」而已，大概老饕無人會去啃那又乾又硬的東西。臺灣記者愛在文字上下工夫，向有窮措大擺闊作風，此又一例。不過這次旨在振聾發聵，「喚起民眾」，是情有可原的。獅虎豹三猛獸已殺吃其二，屠獅宰犀牛恐怕也為期不遠矣。來一道「雙脆獅心豹膽」或大補維雄的「宮保虎鞭」什麼的新菜，並非全無可能。

俗諺有云：好事不出門，壞事傳千里。由於臺北市某超級市場打出「日本大阪空運新鮮魚中聖品鯨肉，每百公克僅售四十元」的廣告招徠顧主，不幸被一位好事的美籍女記者發現，一通電話打到行政院農業委員會，以「不客氣」的口吻向漁業處長「質詢」了。處長大人苦苦解說，卻換不回該女記者認定臺灣又開始捕殺鯨魚的誤解。政府官員胡作非為，賣身求榮，甚至簽訂喪權辱國條約而陷人民於水火固不可寬赦；反之，人民因不知自愛而殃及政府官員受窘忍辱，也同樣是不仁不義。幸得漁業處長未如譁然的五四群眾指向曹章陸那般怒不可遏，而對少數只知牟利罔顧國人集體形象的商人痛斥申誡。他表現得非常厚道得體，很有風度地說：以國人生活水準之高，各種美味哪樣吃不到？鯨魚肉並不好吃，卻偏偏要進口，令人想不通云云。處長大人豈真想不通哉？問題是他如果不出之幽默把事態輕描淡寫，而好為聳聽之論的話，在政治運作上，就損及其他有關單位的權威了。好在新聞中引述了文化大學夏元瑜教授的談話，也許有人會認為是莫須有的杞人憂天，到底是真正典型的「書生之見」（說它是「危言」也可以）。他說：我們在外交上已經相當孤立了，應該設法加強與國際民間組織的友善接觸，而有關單位最好出面來管管此事，因為這等於是「自絕於世界」。

讀罷這則新聞，真有吃剩菜嚼到碎骨頭的感受，心中頗不爽然。大凡人在遇到怫鬱之事的時候，總愛心存僥倖幻覺，想到緊跟著也許雲開日見，就是讓人心大快的事端了，於是信手再抽出兩份報來。翻閱之下，殊料事與願違，真是一波未平，一波又起。無巧不成書，原來兩份報上又有關於中國人違反國際生態環境保護規定，恣意虐待並屠殺野生動物的報導。這兩通合眾國際社的外電都發自中國大陸的北京。一九八五年六月二十五日的《北美日報》報導說，大陸派往南極探險的工作隊員，把企鵝當作足球踢玩取樂，甚至欺負這些笨鳥不能遠走高飛，逼牠們墜崖自盡。踢之逼之不足，在存糧不夠時，乾脆殺宰了大啖其肉。這樣的行徑，已經受到同時在南極探險的西德隊及蘇聯隊的強烈指控。新聞標題下得好：「南極吃企鵝，劣跡曝光；中國探險隊，千里蒙羞」。又，一九八六年八月二十四日美國《中報》的報導稱，根據中共《中國日報》消息，猴、野雞、豹、穿山甲、蟒、鷹等野生動物，在大陸許多地區每天都在街市上出售，不虞匱乏。經調查，南京市就有十七家專門出售並屠宰野生動物的私營及集體經營的商店，其中十四家向專賣野味的餐館提供材料。該市兩家餐館每年屠殺的穿山甲肉重達三百公斤，一九八五年全市共有三千三百八十隻罕有禽獸慘遭毒手，計十三種，其中猴子三千零六十五隻、穿山甲二百七十八隻。

這樣的南京大屠殺野生動物，真是駭人聽聞。兩相比較，臺島一地似瞠乎其後，望塵莫及了。說也奇怪，海峽兩岸在許多方面各有千秋，唯獨在「嗜吃」的道上稟賦一樣，無分軒輊。中國人在世界上吃的形象，於是乎就相得益彰了。前面說，夏元瑜教授替國人這種濫殺狂吃野生動物的行為揑一把汗，認為無異「自絕於世界」。自絕者，自殺也。我比夏先生更多慮一點，生怕中國人如此肆無忌憚的萬丈豪情，遲早會把歐美國家保護生態環境的社會賢達惹急弄火，他們透過民主政治運作方式，在國會議院制定法律，要求政府公開向大陸及臺灣嚴辭聲討，而不幸國人又義和團意識高張的話，則二十世紀新八國聯軍，兵臨城下，變成「他殺」，並非絕無可能。為顧少數人口福而招致大禍，到底是福是禍，就難說了。

五十年代我在臺大做學生的時候，理學院地質系的馬廷英教授發表了一篇相當為學術界重視的論文，題目是「地球鋼性外殼整體突然滑動說」。我於是乎覺得也許對前文討論的問題可以來個這樣的模擬題目：「地球野生動物華人整體突然宰食說」。這當然是文不對題的笑談。不過，馬廷英先生的論文題目不是笑談。雖云「突然」，實際上是跟諺云「冰凍三尺非一日之寒」的道理脫不了干係的。那麼，何以當今各先進國家聲嘶力竭大力呼籲世界保護自然生態環境的同時，我們這文明古國仍一意孤行，充耳不聞，唯吃之是務的問題，自然也並非「突然」現象，必是其來有自的了。

一言以蔽之，套句時髦話，這是一個「態度問題」。具體一些說，就是人民對吃的態度及政府對人民對吃的態度兩方面的問題。

先說前者。

中國人這種無所不吃、無不可吃的大無畏態度，想來很可能跟「人為萬物之靈」這種「大人類沙文主義」觀有瓜葛。「人之異於禽獸者幾希」，聖賢之語，深入民心，姑不論「幾希」究屬多少，反正是跟禽獸這下流東西劃清界限，不屑為伍。我們動輒以「禽獸不如」罵人，家犬搖尾向人示好卻解釋成「乞憐」，都是惡毒的充分表現大人類沙文主義優越感明證。用現代話說，咱們的古聖賢就是絕對的「歧視主義者」。聖賢如此，況百姓乎？有了這樣的心理武裝，於是國人殺戒一開，不論走獸飛禽，管他家畜野生，剝其皮、抽其筋、飲其血、食其肉、盍興乎來！

對於一般人，甚至於饕公來說，「食其肉」是最重要的。依據前面所說無所不吃、無不可吃的態度，中國人對肉發展出來的是一種可以名之為「汎肉觀」的看法，至少跟英文把肉大別為flesh（肌肉）與meat（食用肉）兩類便有很大不同。中文「肉」的定義是：動物皮與骨之間那一層有血液滋潤、富彈性的肌質。沒有提到可食與否的問題。基是之故，貓狗雞鴨、牛羊魚蝦、獅虎猴蛇、企鵝老鷹穿山甲，一視同仁，並不厚此薄彼。英文所謂的「可食」(edible)之肉，限於一般市場屠宰之牛、羊、豬等獸肉(butcher's meat)及雞鴨火雞魚蝦蟹等。所謂「異味」(exotic meat)，最多及於山雞野鴿、鹿兔之屬。中國人的這種「汎肉觀」，正跟對凡是含有酒精成分的液體則統呼之為酒的「汎酒論」一樣。有酒皆可飲，有肉皆可食，酒肉一家親。

嗚呼！中西肉觀迥異，態度不一。中國人屠狗殺虎、啖蟒吞犀，其樂融融，認為何大驚小怪之有；而洋大人衝冠一怒為獅虎，就無法忍受了。

政府對人民對吃的態度，也可歸之為國人吃肉而洋人認為吃出了圈的次因。

民以食為天。連古時帝王都不敢輕視這個問題，因此歷代君主一直都冀求「風調雨順，五穀豐登」的太平治世。彷彿只要如此，「朕即可俯仰於天地之間，無愧於心」矣。風調雨順則龍心大悅，五穀豐登則澤被下民，「是百姓之福」也。我們的聖賢管子更說：「衣食足而知榮辱，倉廩實而知禮節。」如果人民不愁吃穿，國庫充實，天下就沒有「不聊生」的飢民揭竿而起鬧革命，不鬧革命就都是順民良民。順民愈多，表示聖主愈英明；聖主愈英明，則天下愈平治。讓老百姓不愁吃穿乃帝王矢志要務。老百姓只要完糧納稅，討幾個老婆，到青樓瓦舍勾欄尋尋樂子，喝幾兩米酒來幾盤小菜等等，官府全不管，因為帝王高枕無憂，「與民休息」，已在後宮跟佳麗三千歡樂去了。

今天的臺灣社會，雖云偏安，在中國歷史上卻成為罕見的民生富足的盛世。在物質生活方面，錦衣玉食已非少數人專享。人民生活水平之高，已經高到如農業委員會漁業處長說的「各種美味哪樣吃不到」的燦爛時代了。只要政治上不惹是生非，國民吃點野味，何大驚小怪之有？這等細事，有關單位是不管的。所謂擔心會吃出國際上臺灣形象問題來云云，每年參與世界少棒大賽的小國手們幾記全壘打就扭轉乾坤了，何足懼哉！

至於中國大陸，情況略殊。他們經濟上還在學臺灣，至少在吃的方面，人民尚無力像臺灣的人民那般為所欲為的尊貴，可以雞鴨魚肉吃膩了就換點野味解饞。私營商店經售或屠宰野生動物以大量供市，並不表示人民一般購買力已經到了想吃什麼就來什麼。實際上，這現象所反映的是中共實行經濟政策改革以來產生的新問題。經濟上的中央集權和大鍋飯制度的改變，其結果乃是鼓勵人民自尋生路的謀財之道。為了弄錢，真是條條大路通羅馬。捕抓野生動物，既不犯法，無本萬利，何樂而不為呢？君不見某些高幹子弟仰仗權勢假公濟私而競出奇招，況人民乎？也許可以說，連森林都濫伐將盡了，這些野生動物早晚無家可歸，倒不如捕捉吃了算了。貽笑大方、蒙羞於國際等等概念，都是要等到「衣食足而知榮辱」以後人民才會有的。而政府方面，忙於全力實現四化，殺企鵝宰猢猻屠穿山甲這般事情，想當然是既無暇也無興趣照管的。

總之，姑不論國人如何以「吃的藝術」及「吃的民族」自美自喜，我們的「吃品」，在國際人士眼中，大約連第十把交椅也不一定坐得上的。我常想，既然我們有過多的精力財力和時間用在民生方面，去發展探索吃的領域，如果哪怕能勻出十分之一而用之於其他方面對事物及問題的探索，比方說：何以中國人喜歡因循、愛找藉口？在我們的歷史上，為什麼一定得改朝換代，否則不足以表示興革成敗？何以中國人製造了車載斗量的四平八穩、橫豎上下前後左右都能自圓其說的成語諺語？為什麼三千多年的輝煌歷史和燦爛文化孕育不出來一位諾貝爾文學獎得主？為什麼我們總是喊口號的時候多而行動的時候少？為什麼喊自由民主喊了那麼久？等等等等……那麼，當我們有一天終於可以用十分的注意來認真考慮徹底討論這等問題的時候，吃野味的問題必將永遠消失，因為那時候我們已經真的躋身於世界先進國家的行列了。

——一九八七年一月十六日《中國時報》「人間」副刊

黃巾大餐

俗諺說：「吃、喝、拉、撒、睡。」把飲食排在最前面，想來並非偶然。吃與喝，都是自口而入，對身體輸補給養。給養倘若不足，輕則面黃肌瘦（比「面有菜色」更糟），重則一命嗚呼。睡眠足了而無飲無食，絕對不是「安逸」的事。相反，睡眠充足則食慾尤強。俗有「無慾則剛」一說，此處之「慾」倘若是指「食慾」，我敢說非把那四字成語易為「無慾則亡」不可。說來說去，吃、喝、拉、撒、睡諸事，把「吃」排在第一，並不過分。

糟糕的是，中國人專門愛搞「誇而大之」的把戲。吃本來重要，但中國人卻定要把它搞得萬般皆下品，唯有吃最高。所謂「民以食為天」，將「食」與「天」之間畫上了等號，就顯得小題大作了。

「飲食男女，人之大欲存焉。」早在孔老夫子的時代，便有斯言。歷代相傳，於今為烈。「對酒當歌，人生幾何？」曹孟德先生吟出了〈短歌行〉，其後李太白便按譜追旨接唱下去：「鐘鼓饌玉不足貴，但願長醉不願醒。古來聖賢皆寂寞，惟有飲者留其名。陳王昔時宴平樂，斗酒十千恣讙謔。主人何為言少錢？徑須沽取對君酌。五花馬，千金裘，呼兒將出換美酒，與爾同銷萬古愁。」二子把「飲」排在「食」之上，髣髴但飲無妨，令人終覺有所偏。以今之衛生常識體之，認為「不可思議」，而從功利角度衡量，就是「愚不可及」了。不過，「吃」與「喝」，猶一體之正反二面，孰先孰後，孰正孰反，好像「黑白」說成「白黑」，難分軒輊對錯，只不過是從俗隨習罷了。今「吃」之一字便把「飲」與「食」全統攝了進去。比方說，廣東人所謂的「飲茶」，實際上是「食」的享受，「飲茶」不過聊為點綴而已。君豈見有但飲勿食的食客？

中國人有一種「無所不食」及「無不可吃」的大無畏精神。早在一九八七年，我在〈吃野味，跟跟吃有關的一些問題〉一文中即已闡述。不幸這種觀念盤根牢縈，國人仍是吃之為務，且變本加厲，對於歷來「吃的藝術」愛之護之，別人如何想法全然不管。一些人專愛在「吃」上充場面，耍大臉，顯示其揮金如土的大無畏精神。我在臺灣新聞上，就看過「黃金大餐」的報導。所謂「黃金大餐」，是指某些中餐館市價新臺幣八千至一萬元，在珍饈之上遍灑黃金屑之酒席也。端的讓賓主盡歡，金玉滿堂。中國傳統小家碧玉有「吞金」自盡一法，如今則是「眾口爍金」，男女集體自殺。「吃」原本講究口體之樂，而今把黃金吃入肚腸，痛苦不說，終又便出，此為何來？魏晉人有「行藥」一說，而那時是黃巾道教倡盛之世，今乃二十世紀科學大昌時代，我想那些專賣「黃金大餐」的業主，不如索性易為「黃巾大餐」，名實兼符更好。說來真令人唏噓！由於臺灣社會偏安，在中國歷史上形成了罕見的富足盛世，於是，錦衣玉食之人，已非物質方面的少數人，人民一般生活水平之高，已經高到不論何等美味沒有吃享不到的地步。這還不夠，我們還要把黃金吃下肚給大家看。這樣的風光，真有馬戲班子小丑獻拙的悲哀。

臺灣如此，也許多少還有顯示中國人在歷史上讓人「刮目相看」的意思，反正我們一切靠「吃」，也就罷了。但是，身在海外，在別人的國家最好把「唐人」那得意嘴臉藏起來，不宜發揚光大中國人的「吃的藝術」。否則，那就會遭到「番鬼」側目，起來聲討了。半月以前，我就看到此間（舊金山海灣區）某中文大報上半頁篇幅的餐館廣告，以黑體大字標示：「春季新獻禮——美味鱷魚餐。」業者唯恐讀者不察，以為開玩笑，於是特意注明：「明代李時珍《本草綱目》說，食鱷魚肉，對人體具化痰、清肺、增加肺活量之功效。與名貴藥材冬蟲草燉製，更可增強血液循環。輔以桂圓肉，則助人安定心神，夜睡安穩。」故而開出四人用之六十八美元「鱷魚套餐」，計開：原盅鱷魚燉蟲草、燒味三拼、金針雲耳鱷魚煲，上湯芥菜膽、麒麟鱷魚等五種菜餚。另又有「鱷魚名菜譜」，介紹了「韭黃鱷魚球」、「川式鐵板鱷魚柳」、「金針雲耳鱷魚煲」、「原盅鱷魚燉蟲草」、「黑椒鱷魚片」、「麒麟鱷魚」等六項「佳餚」。粵菜講究進補，但進補事屬「中藥」醫生的事，屠夫是絕對不能「越俎代庖」的，大師傅也只可站在一旁觀看。如今這「藥」竟然不在藥房出售，而是以嚇人高價在餐館經銷，供饕公口惠大快，就非常令人憂心忡忡了。

我在〈吃野味〉文中的感慨猶在：什麼時候，當這種具有「黃巾」思想的中國人大幅減少，少得我們足以慶祝而吃「黃金大餐」的時候，中國的「吃的藝術」才是名副其實的「黃金大餐」了。

——一九九〇年五月六日《中國時報》「人間」副刊

都是瘋狗惹的禍

春節前數日，奉妻命整理書房箱篋，清出舊報紙一堆。日前無事隨手翻撿，發現某英文報刊載一九八三年十一月三十日合眾國際社發自中國北京的新聞電訊一則，事關犬狗。細細讀之，雖不能說是駭人聽聞，然感慨萬千確是事實。願為援引談論，聊紓感懷。

該電訊內容大要如下：

一、北京市政府自即日起全面實施養狗禁令。對於在街頭巷尾閒蕩的「無業」「無主」遊犬，若經警伯尋見，得格殺勿論。

二、凡警犬、軍犬、獻身國家供作科學試驗的革命樣板犬、馬戲雜耍團身懷絕技以不凡身手為藝術娛樂人民的表演犬以及餐館中專供饕公飲酒大嚼的肉犬，一律不在禁令強制執行範圍之內。

三、十月頒布禁令，但在全面正式實施的「即日」之前，早已經「非正式」的先行執行了。在十一月一月內，市府當局的「屠狗小組」，便先後採用了陰陽五行中的「水」與「木」兩種攻擊戰術，對「良犬」展開了無情掃蕩。凡被用水溺斃及被追打以亂棒擊斃者凡數千。連同過去兩年之內慘遭暗殺的狗屍，為數高達二十餘萬條。四、人民凡非法養狗事主，倘經當局發現，不但會即刻痛失愛犬，且將被罰款高達美金二十五元。

緊接著，同年十二月二日舊金山的英文報上就刊出了與前事有關的一項消息。北京市長陳某一日訪問紐約，被美國記者緊追不放，想要從這位權威人物的口中套出權威的關於北京屠狗一事的反應。一記者開門見山問陳市長外電所謂北京屠狗一事的報導，是否確有其事。答曰：「確有其事，並非杜撰。」又問：「以溺斃及亂棒毒打方式將狗畜屠殺，是否有悖人道？」對此，市長大人的回答便非常妙了：「對北京人民來說，狗有三害：其一，隨地便溺，有礙市容及公共衛生；其二，狗會傷及無辜人命；其三，擴散狂犬病毒。僅北京一市死於該病之人民，已達二十餘起。」陳市長侃侃而談，胸有成竹。當毫無靦腆地回答了記者的問題之後，忽然面露笑容，反詰對方道：「諸位先生女士，你們認為我們是應該對人講人道還是對狗講人道呢？」

出奇制勝，陳市長似乎反敗了。無冕王們一時語塞，灰頭土臉。但是，他們對於北京屠狗一事仍耿耿於懷，絕不善罷甘休。於是乎事後報導說，紐約市的人道組織「美國防止虐待動物協會」，已經正式向中國方面提出強硬書面抗議，譴責中共當局大規模有計畫的屠殺良犬。報紙並透露，由於北京的狗主多不願愛犬慘遭政府溺斃或毒打致死，於是私下烹而食之，許許多多的狗，便這般地報效主子了。

讀罷這些片段報導，感慨良多。唯一稍感欣慰的，是未發現外電中有惡意污侮國人屠狗以為大嚼的斬釘截鐵語氣。國人酷嗜「香肉」的形象，在國際上早已蜚聲，算不得是光彩的令譽了。而我們引以自豪的「吃的藝術」，到了吃猴腦走狗為代表，這便跟孫悟空翻筋斗一樣，怕是從文化層的青雲之上倒栽下來到了野人國茹毛飲血的熱氣鍋蓋上面了。洋記者報導此次北京有的狗主因益不外溢把愛犬屠而食之，只用「據報導」字樣，像似同情人民，而一意偏責官方。不過，為了愛犬不落官方之手，何以必要食之後快以維護狗的運命，我仍有所不解，甚至頗感遺憾。打個比喻，若是抗戰時期，一個中國婦女知道她懷中的嬰兒必慘遭日寇殺戮不保，於是親手置幼嬰於死，然後大卸八塊連湯帶肉吃了，這可能嗎？《史記・項羽本紀》載彭越絕楚糧，項羽患之。乃將漢王劉邦之父置於高几之上欲殺而烹之。脅曰：「令不急下，吾烹太公。」漢王曰：「吾與項羽俱北面受命懷王，曰『約為兄弟』。吾翁即若翁，必欲烹而翁，則幸分我一杯羹。」這不過是漢王的智謀，倘若項羽真將漢王的尊翁烹了，漢王難道真會分一杯羹嗎？

在臺灣的中國人，因為一年吃掉一條縱貫全島南北高速公路，政府於是力倡忌嘴節（食）慾，開出「梅花餐」的標準菜單。殊知人民有賞梅雅士者殊不為多，捧場人少，不久就仍以俗豔的牡丹稱王了。國人胃口之大、食慾之盛，真是積習難改。在大陸上，人民在一種酷苛森嚴不近情理的制度之下，被迫過了數十年素衣淡飯生活。自從自由市場開放之後，挨餓的人傾囊購食，其情可恤。近年來，除了吃風日盛之外，舉債為兒女婚嫁大擺酒筵的事已城鄉互輝，大有「食不驚人死不休」之慨了。

中國人口之多，甲冠寰宇。最近中國人口突破十二億，政府已對此發出隱憂。造成人口暴漲的禍首早已謝世歸山，遺留的大患卻要中共當代領導人努力執行節育政策來緩解，讓所有婚嫁了的人民，為了配合政府，而把生兒育女的自主權都犧牲掉，人的尊嚴真是蕩然了。

報紙上這條合眾國際社發自北京的電訊，給予我的最大感受，還是中共一貫表現的草菅人命作風。當然，這次受害者是狗非人，按理應說成草菅狗命才對。其實，在那種詭異的共產制度下，一個具有靈性的正常凡人只能被役，是絕對沒有「萬物之靈」的優越感的（陳若曦的膾炙短篇小說集《尹縣長》中有微細動人的剖析）。有優越感操對人的生殺大權者只有黨幹。在那樣的社會裡，人命一如其他動物的性命，全操之於那群自認掌握了人類最科學進步的真理——馬、列、史、毛思想者的手裡。這一批人相信，有了那樣的「真理」，世上便無不可能解決的事。於是乎土法煉鋼，煉到了生產停頓；搞大躍進而餓死了二、三千萬人命；鼓勵生育好「東風壓倒西風」而把中國拖上了人口癌的名單……不都是這種愚蠢的堅強信念產生的惡果嗎？五十年代北京曾有「戰麻雀」的事。政府發動百萬人民敲鑼擊（面）盆，驚嚇麻雀使其精疲力盡紛紛墜地死亡。這樣看來，人、畜、禽雖非同類，其命運則一。說起來，狗一直到了一九八三年才遭殃，如與人禽相較，可真應了「狗運亨通」這句俗語。人之先受其害，而受害之慘，又豈止水溺亂棒痛毆而已！我們尚未聞狗有自嚼舌根、斷腕、割喉、跳崖、撞壁、自窒於糞池等等自殺行為，也沒聽說過被鐵釘穿腦、鐵絲穿鼻、竹筷貫耳、當眾以糞便潑身及凌遲剖心等侮辱。狗可以算是全壽以終了。如果我們仍有「人道」一詞，人未得到，但狗得到了。

狗命誠可貴，人命應更高。可是，在美國這樣自由開放的社會，人與狗終究是不相混為一談的課題。殺人犯法，虐待動物亦犯法。然則狗是狗，人是人，其間並無孰輕孰重之別。美國愛犬之受優寵——十日剪毛、朝夕沐浴、出門有車、食有美味、冬披寒衣、死得厚葬……人的尊嚴，在中國失落的，全被牠們拿去了。對我來說，這就是「涕淚滿衣裳」的感覺了。

最使我寒徹心肺的，是北京前市長陳某反詰美國記者的那句話：「諸位先生女士，你們認為我們是應該對人講人道還是對狗講人道呢？」這句陳先生自以為幽默具有俏皮邏輯的話，其真正意涵乃是：我們之所以屠狗，是由於狗中有壞分子，便溺破壞市容及公共衛生、傳播疾病、傷及無辜。我們屠狗，這都是為了對人的尊重。嗚呼！大哉斯言，果如此，何以屠瘋狗而濫及良犬？良犬良犬！屠殺你們的，其實不是手持木棒對你們追殺或以水溺的人，而是你們同類中的少數牠們——那些非人的狂犬瘋狗！中國！中國！都是瘋狗惹的禍！

——一九九五年四月三日《中國時報》「人間」副刊

口福？口禍？

從前在臺灣，由於報紙篇幅有限，頁數極少，就不免產生一種字字珠璣的感覺。讀報總是逐字逐句，認真專心，斷無所謂一目十行的掃描情事。從首頁報頭開始，到末頁左下角最後一個標點符號為止，舉凡年月日、期數、大小廣告、各種副刊、編者大名等等等等，飢不擇食，狼吞一盡。其實，當年讀報一字不苟，還有一個重要原因：新聞標題出奇引人。縱或有時誇誇飾非，報導欠實，主觀強烈，確是一條也不忍放過。次第讀來，喜不自勝。移寓海外之後，報紙發生了「量變」，厚厚實實一大疊，外加增刊贈刊，琳瑯滿目，無暇再做忠實讀者。再說，因無動人標題，勢必跨躍追尋，也就難免厚此薄彼了。習慣既已養成，等到近十年來海外中文報紙風起雲湧，大批出現後，我的讀報習慣仍未改，總是挑選標題醒目內容引人者先看。省了時間，卻可能有遺珠之憾。是福、是禍，就很難說了。

最近讀到此間某中文報紙上一條新聞，發自臺北，事關「速食」業的氾濫。讀罷不禁憂心忡忡，而久久不能釋懷。之所以受到如此巨大衝擊，實乃肇因該條新聞標題有關「福」「禍」

二字。此處先將該標題據實錄下，再略述所感。標題為：「我們是最有口福的一代」。副題是：「速食業爭奪市場，真如『五胡亂華』；消費者未受『戰禍』，反可大快朵頤。」內容大意謂：速食業向全球進軍殖民他國人「口」的市場爭奪戰，已經到了彼此短兵相接的地步了。臺北也未能倖免，於去年（一九八四）首被「麥當奴」McDonald漢堡染指，開幕即日便創了該跨國連鎖店最高營業額世界紀錄。如今歐、美、日的其他速食業眼見有大利可圖，乃紛紛湧進。這股熱潮已使飲食業者產生談速食色變的壓迫感，但卻使臺灣的消費者大飽口福。

現在，我們不妨以中學國文老師批改作文的方式與態度，來看看上述一條新聞的撰寫。先看標題。大題「我們是最有口福的一代」不過十字，便已令人疑信參半。我說「參半」，絕非誇大。這一句，以氣勢論彷彿石破天驚，還真有點李白〈將進酒〉劈頭「君不見黃河之水天上來，奔流到海不復回」那種神來之筆的味道。不過，李白詩句以比興起格，道出了陶淵明筆下「一生復能幾，倏如流電驚」的萬古愁，也就是曹孟德唱出「對酒當歌，人生幾何」的蒼涼主調，咆哮鏗鏘，氣貫全詩。以奔流黃河之水與萬古愁呼應，道盡似水年華一去不返的莫可奈何人生大悲哀，是世間俗子人人感同身受的。李白是我們的代言人。而「我們是最有口福的一代」一句，就犯了邏輯上「以偏概全」的錯誤了。首先要問：「我們」是誰？上至耄耋下及黃口難道都被「我們」了嗎？果真如此，那怎麼會是「一代」呢？如若不然，是少則三代，多則四世，概呼「我們」，就不免有政客的江湖意味了。其次，「口福」一語，意指嘴巴因美食而納福。美食者，謂精心調製令人饞涎欲滴之可口美好食品餚饌也。這樣的東西是細緻講究的，是現吃現做的，是以質勝而不以量勝的，進食時是優閒文雅的，須要細嚼慢嚥品享的。速食如「麥當奴」、炸雞塊、熱狗等等，都是大批製作，一式一樣毫無特色，食物等人，隨到隨有，可以三口兩口抓食大啖吞嚥的。總的來說，是頗不符合美食條件的。如果吃這樣的東西，就算是有口福的話，那麼，被視為珍饈的美味又當何論？

我常說，美國文化好處在得一「大」字，不幸其壞處也害在得一「大」字。怎麼說呢？大者，大片也，如汪洋大海也，氣勢壯大也。引申之，意在普羅。大夥開汽車，大夥飲牛乳，大夥穿牛仔裝，大夥嚼香口膠，大夥看電視。大家一樣，不分等級，不必「後天下之樂而樂」，這是好處。然則凡事一大眾化了，只是「等量齊觀」，質上的偷工減料，粗製濫造，便「想當然耳」了。這種情形，用比較時髦的話語來說，就是「不夠性格」或「缺少個性」。如果用俗一些的四字格說，就是「大而無當」、「淡而無味」，這也就是短處所在了。美國人知道自己文化歷史不長，故根本談不上所謂精緻文化，遂以普羅文化傲示於世，又依恃國力向世界推銷，道理甚明。文化的傳統依民族國家勢力強弱為流向原是不爭之實，弱者遭強勢文化侵凌而蝕消本位文化是一件令人扼腕，很不得已的事。逆來順受，其嗚也哀，就「淚眼問花花不語，亂紅飛過鞦韆去」算了。但是，報紙的記者卻用「我們是最有口福的一代」的大標題來迎接食品上的外侮，責其為「洋奴心理」未免失之過重，但這個並不高明的笑話，卻開得不算小了。漢堡、熱狗、炸大雞塊那樣的東西，說是速、便，則毋庸置疑；但速、便是否就一定好而被認可，就頗可置疑了。如果說速、便、簡乃是現代文化生活的主調，是年輕一代所認同的，老夫無言；但是我寧可不吃那樣的食品，寧做沒有口福的一代，也絕不承認自己是「我們」的一員。

至於用「五胡亂華」來描述外國速食業者的強勁攻勢，也令人啼笑皆非。五胡亂華的歷史意義非比尋常，可以喻之為「浩劫」，這不是什麼好事。即使速食工業的入侵並不是鐵蹄蹂躪，河山血染，站在國家經濟利益的立場來看，大批外匯為外人賺走，這也跟姦淫、擄掠、燒殺並無二致，是很慘痛的，怎麼消費者就認為未受「戰禍」影響，「反可大快朵頤」呢？再說，「五胡亂華」既是貶語，下面又說消費者拜亂華之賜而受惠，貶而後褒，這在邏輯上也欠通的。

說真的，飲食藝術的高度發展，原是人類智慧的突出創造表現，構成了文化中極精緻的一環，得來匪易。而不幸有美國這樣的國家，以國勢論，執世界列國牛耳，大力提倡推銷粗糙文化，反其道而行，流風所及，慘不忍睹。刀叉是歐美人進食的主要工具，而美國佬（尤以年輕人為最）越來越用不慣刀子，簡化到以叉代刀切食（更有一種叉子，其側殷扁而鋒利如刃，是專為切割之便設計的），如今索性扠開十指，用手抓吃，刀叉兩免了。不是文明的淪落是什麼？

美國人愛怎麼，愛什麼，就任其去罷。我們可是有長遠歷史、有數千年文明、體毛因進化而脫落得相當乾淨，又非常講求「細緻」的民族。雖云西風東漸勢不可擋而須因應求存，但事體究有重輕之別，急緩之分。民主、法治、科學，乃富國強民必不可少，因為那是現代進步國家為人民謀大福之根本；至於漢堡、熱狗之屬，何足道哉？棄之不足惜，卻之非不恭，個人偶一試之，換換口味，達到調劑情緒、滿足好奇口慾的目的，也就夠了。如果還定然登高一呼，處心積慮廣為宣傳，交口讚譽，降格以求，那就是誤會了「為民喉舌」原旨，硬搶著做「我們」的代言人，於是就大錯特錯了。時在今日，食物有導致癌症可能者，何可勝數。我們祖傳的一點足可供隨心所欲的清白東西，已經所餘無多，何妨省下一點心力，來提倡一下我們熟悉的、將要失去，或正逐漸失去的，比方說，純正的漢家風味呢？衣、食、住、行，民之生活四維，而衣與行似乎早全盤西化了，住也是百分之九十西化了，所幸剩下食這一類，大體上尚相當「本位」。「多乎哉？不多也！」就不要除了以牛奶、麵包代替豆漿、燒餅油條、清粥小菜以外，再用漢堡、熱狗來糟蹋自己了。如果衣、食、住、行，俱已全盤西化，四維不張，民乃滅亡，就是大禍了。

順便一提的是，我們的記者，總愛以生花妙筆，誇誇之言來譁眾取寵，以主觀制客觀。這種現象，倒是實際上頗值得檢討一下的。如果有一天，讀者打開報紙，滿眼繁華的標題盡去，代之一則則耳目一新的實際消息，沒有分毫渲染，真有啖精神食糧的「大快朵頤」之感，那就託福之至，功德無量了。

——一九八五年八月十九日《中國時報》「人間」副刊

燒鰻生香

世界氣候大變，生態迥異，這已經是生於現世的人所能感受的事。何以如此？人為乃是主因。大陸華南的大水患、北方的乾旱；臺灣去年缺水，今年夏天先後遭到颱風侵襲而豪雨成災；日本今年出現的奇熱現象，這些都是明證。溫度計上高踞攝氏三十幾度的炎熱，使得日本人幾乎要熔入鋼筋水泥的建築裡去了。

就在如此難當的奇熱下，日本飲食業中售賣燒烤鰻魚的餐館，生意卻一枝獨秀，大發利市。在東京，一家具有兩百年歷史喚作「御箸」的餐館就是一個好例子。好像天氣愈熱，食客愈盈門，都要來食一串燒鰻過口解暑。

解暑？是的。這家餐館老闆說：「天一熱，大家都沒有胃口，吃不下東西。但是我們店的燒鰻香味卻引來了大批食客。道理簡單得很，不但是因為我們的鰻串美味使然，也正因為天氣炎熱，人們需要吃點多脂肪的食物，增加熱量、充實體力。」

當然，這種說法，即使連美國的麥當奴也會同意。然則，有一點不同的是，日本人把炎炎夏日啖食燒鰻以增強體力，視為金科玉律，這一點，就非食牛肉漢堡者所可享有了。

日本人啖食鰻魚，是把一兩片燒烤得油黃香潤的鰻魚置於一碗熱騰騰的大米飯上，大口食噏，再佐以一杯熱氣蒸人的綠茶，或冰鎮的日本米酒啤酒，那就是日本人認為無可取代的過癮美事了。君如不信，不妨親自去詢問一位在盛夏啖食烤鰻的日本人，此人一定會說：「大熱天，如果不吃燒饅，彷彿不覺夏天已經來了。」

如此說來，日本人對於在不同的季節品食不同食物的傳統說法，倒是相當執著的。比如說，在七月裡吃上一個香甜多汁的大水蜜桃，或是在早秋來一枚日本特產盛品的大草菇等。

一位住在紐約十二年，娶了美國太太的日本年輕製陶兼藝評家就這樣說：「可不是嗎？盛夏啖食鰻魚，對日本人來說，幾乎已經是一種宗教的戀狂了。」

對某些日本人來講，鰻魚，這種像水蛇一樣的魚類，幾乎有著神乎其神的作用。比方「長川飯店」的女老闆如是說：「我們家這隻狗，現在十五歲了。兩年前，這傢伙弱得連樓梯都爬不上去。後來我們每天把賣剩下的鰻魚殘肴拌飯餵牠，沒多久這傢伙就身強力壯，上下樓梯自如了。令人不能置信吧？」

炎夏啖食鰻魚進補的歷史，在日本，可以上溯到十八世紀去。那時，有位喜食鰻魚的先生叫平賀，他是一位極為有才藝的人，無論文學、藝術、科技，都有一手。可惜天不假年，這位平賀先生竟然在十八世紀後半因精神失常，誤殺了人而繫獄，死於獄中。那個監獄，離前文所說的「御箸飯店」相去不遠。御箸飯店也因這則歷史掌故，為飯店帶來了好生意。

一般來說，在東京高級飯館來一客鰻魚飯的費用介於三十八到六十五美元之間。最貴的鰻魚是野生鰻魚，產於東京北部一條溪中。而在飯店中享用的鰻魚都係人工培養的。最便宜的鰻魚是自中國大陸及南美洲進口的冷凍鰻魚。在小飯店中食用一客鰻魚飯，午餐約五至十美元，而晚餐也要十七美元左右。

從裝了海水的試管中把一條鰻魚取出，曲扭彎折，很快就被剝皮開腸破肚，置放在用炭火燒烤的支架上，塗以醬油作料，然後放在晶亮的黑漆飯盒中，送到食客面前，客人要大啖一快，早已食指大動了。

燒烤鰻魚有人說全在製作過程以定好壞，但也有人說端看師傅的手藝。「御箸飯店」的東主則認為兩者都事關重要，不可偏廢。他說：「最重要的事是作料。本店已有兩百年以上的歷史了，我們的作料自是與眾不同。地震也罷，打仗也罷，好就是好，大家都知道。」

至於如何訓練培養一位主持燒烤鰻魚的大師傅手藝，這位店東說：「這純粹是一個感覺問題。人各不同，無法訓練。就拿宰殺一條鰻魚來說，只說剝皮大概就需要一兩年的工夫。

要證明自己有高超手藝，那大概就是畢生的事了。」吃鰻魚，看似事小，整個看下來，卻真是一門學問呢！

——一九九四年十二月六日美國《世界日報》副刊

日本人的智慧

中國人自來對日本人有一種文化上的優越感，我們嘗呼日本人為「小日本」，或「東洋鬼子」，就是一例。實則，日本人並不「小」，也非「鬼子」，而是很實際很厲害很有板眼的民族。我們一向自大，一向疏懶，一向口不擇言，以為是損人利己，反是損己利人。我在海外多年，洋朋友都對我們的作為有所不解。他們稱說，美國人對日本有輕蔑態度，但這可以理解，因為二次世界大戰美國是勝利者，幫助日本復興的也是美國。中國則不然。我們雖說是「戰勝國」，列身五強之一，但戰後的國共齟齬，慘淡經營，不論大陸臺灣，都遠不及小日本。尤其在經濟上，則更非項背。

中國之「大」，日本之「小」，除了文化、歷史及地域方面的解釋，實則應該中日易位才是。我不喜日本，尤其不喜日人，但這些都並不妨礙我的理智要視日本為非小。日本人是非常勤懇、非常知不足、非常重視別人的能力，而有見賢思齊的本事的民族。而我們則最喜歡吹噓自己過往的榮彩，總愛在歷史陳蹟中尋找自己。日本人不是。他們永遠向前走，學別人，超過別人。一直向前尋取一面大鏡子，從晶亮鑑人的大鏡子中看見自己，看見自己的歷史文化。他們看見的是令人自傲的容顏。我們呢？我們總是搬出漢唐的出土古銅鏡，早已斑剝，連照鑑得的容顏也已經是灰頭土臉了。小實非小，大實非大，這一點科學辯證的常識不幸我們一向欠缺。中華民族是偉大的民族，可是我們的智慧總是留在歷史中。

那麼，日本人的智慧究竟是什麼呢？易言之，就是我們祖先說過的一句話：「學，然後知不足。」我們永遠不真正虛心地力行，只是喜歡談論這樣的「常識」，千方百計自歷史中去搜求資料，來證明這樣的說法的可靠性。我們喜歡向後看，永遠愛搬出歷史來示人。「古道照顏色」，真的太可悲了。

日本人向外「學樣」最明顯的事例，就是他們的語言。他們原有的語言有音無字。於是他們向中國「借」（說是「盜」也無不可），把中國字借去（變成他們的「漢字」）不說，還把中國字中的部分巧妙取去，變成了日文的字母（平假名），又搞出了他們的楷書字母片假名。這片假名之功用大矣哉！外國字，不論英、法、西、德，只要日本人覺得好，覺得有需要，於是乎信手拈來，用日文的片假名一拼音，就成了日文的新字，於是乎全國上下共相效尤，日文的詞彙因而與日俱增。你穿 shirts，日本人穿シャツ；你打 necktie，日本人戴ネクタイ；你喝juice，日本人喝ジュース……。這些拼音的詞彙一下子就成了新日語中的詞彙了。而日本文化也就如此孳衍起來了。我們呢？中國人一定要向人表示我們有自己獨特的文字，不但在借用外文詞彙的時候注意聲調調和，還要搞出一定的味道（意義）來。人家有Show，我們有「秀」；人家吃ice cream，我們吃冰淇淋；人家名叫Churchill，我們叫他邱吉爾；人家叫Seattle，我們雅呼「西雅圖」。我們一定要在自己的文化醬缸中醬一下，否則不覺夠味。這樣，我們總是不能主動機妙地掌握外來詞彙的妙處。比方說，Churchill我們一定要讓他姓邱，因為邱是純中國姓，中國人看見「邱吉爾」，很可能有人認係華化的洋鬼子，或根本視之為華人。我們的注意力全集中在這一方面，對於邱吉爾本人原係何人、思想儀表等，則落到次要的地方去了。這就沒有日文的直截。

日本人這種鍥而不捨的積極「摘取」的精神，成就了日本文化的新觸角，把別人的變成了自己的，然後加以改良，「以子之矛攻子之盾」，不是嗎？第二次世界大戰若不是美國發明了原子彈，一顆丟在廣島，一顆投在長崎，誰勝誰敗，傳統軍事都很難逆料呢！而我們則是託美國的原子彈之賜，成了戰勝國的五強之一。於是，又耍大爺，連戰後的賠償也免了。於是，日本人斗膽竄改起歷史來，要改變世人對他們過往的猙獰面貌了。而中國大陸，由於徹底實行共產主義的結果，因為毛氏的獨夫專霸把國家導向了貧困落後；為了要向日本示好，舉債建國，於是在日本政府正式為了戰爭應向中國致歉之前，就請了日皇訪問中國大陸了。

而中共當局則鄭重告誡大陸人民，於日皇訪華之時，不得集會抗議示威。

也許，有的中國人從來不曾明白，總是譏屑日本人偷了中國字。但是，我們現在所用的許多詞彙，正是由日本借了中國字新組的詞彙再借回來的。新聞、自由、社會、俱樂部……這些詞，不都是日本人的詞彙嗎？

總而言之，我們雖然沒有日文中的片假名可供「借字」的方便，但是，我們一定要學習日本人勇往直前，「你的就是我的」的精神。

——一九九四年八月十五日美國《世界日報》副刊

變

以中文為文的文章，篇目常常只得一字。雖如是，則氣象萬千，波雲譎詭。其窮理究實，深奧無比。此篇云「變」，也便是千萬之一。「變」之一詞正解，乃「更改」也。我最喜愛與「變」有關的複合詞就是「變通」，意謂隨宜變動而不拘恆常，所謂用變求通，無往不利，正乃此意。

與「變」相反的，則是墨守成規，一成不變。這是一種讀書未讀通，意氣用事，頑固跋扈，令人討厭不齒的自以為是的舉措。這樣不求變通而一意孤行的態度，最終必然山窮水盡，一籌莫展。識者譏之斥之，輕則虎落平陽，像西楚霸王烏江自刎；重則眾叛親離，國傾朝崩。楚霸王自刎烏江，最後博個「英雄末路」，因事僅一己霸業成敗；但國傾朝崩，就會遺臭萬年了。

今之治國，必以民為先。所謂「先天下之憂而憂，後天下之樂而樂」是也。主政者，切不可剛愎獨斷。在君王高於一切的傳統歷史上，剛愎自用獨斷獨行，人民無奈，了不起以「揭竿而起」結局收場。而現在，一國之領導是人民的公僕，他的權是人民賦予的，他是為人民辦事的，已經沒有什麼「朕即天下」一說了。古有言曰「得民心者昌，失民心者亡」，一點都不錯。

諺云「萬變不離其宗」，宗者，原則主旨也。所謂「變」，並非亂變一通，那不過是猴急式的把戲。變，是要有分寸、有拿捏、有計畫、有決心、有原則。要知其不可為而為之，這就絕對需要大勇氣和大魄力。如此，我們是可以有結果可期的；而不是頭痛醫頭、腳痛醫腳的瞎抓。為何？蓋智者弗取也。

去年十二月三日，美國聯邦司法部，突然首度將十六名二次世界大戰中的日本皇軍，列入了禁止入境美國的戰犯名單中，一下子受到了主流與各國媒體及各界人士的空前重視。於是乎，有關日本戰犯黑名單的議題，預計將在探討美國對日索賠的研討中立成熱門話題。

所謂「索賠」，就是原則。美國對於處理二次世界大戰戰俘問題，在外人眼中，似乎一直是針對著歐洲的德國納粹，而把亞洲身在太平洋中的日本給淡化了。但這並不意味這是美國的「厚此薄彼」，因為美國的原則從未有過搖變。其所以如此之最大原因，乃由於美國是一個多民族的國家，其間曾受德國納粹殘暴的猶太民族，在美國多數的白人種族中，不但占了相當大的比例，且在全美各界中，都具有廣大的力量。職是之故，猶太人不僅一呼百應，且政府不得不對其勢力另眼相看。從紐倫堡大審德國戰犯的電影開始，四十年來不斷有以猶太人受納粹摧殘的電影出現。相反的，由於亞裔在美國民族大熔爐中所占比例有限，且在各界頭角崢嶸者為數甚微，一直沒有形成一股如猶太民族對政府的強大壓力。加以越來越重要的經貿問題，變成了美國歷屆政府主要施政考量。因此，日本人之偷襲珍珠港所造成美國政府與民間慘重損失的痛苦記憶，也就在美國對日寬解的政策下淡弱下去了。日本在太平洋中對於共產勢力的嚇阻作用，不但在經貿上對美國東西兩岸強化大西及太平兩洋的關係起了重要作用，即令在地域軍事上的考量，也使美國對日更加拉攏優渥。

日本在戰後形成了經貿上的強大雄厚力量，是乃不爭之實。也就因此，多多少少造成了小日本夜郎自大的氣勢。日本對於與美國在經濟談判上屢有「捋虎鬚」的行為，又有當年「大日本」的態度了。一直到現在，日本從來沒有正式的對美國在戰爭行為上道歉過。每年在日本廣島舉行的原子彈受難紀念日，都漸然把箭頭巧妙的轉向美國，向世界宣言告知日本受原子殘害的空前大災難了。

但是，美國對日的基本態度並未有變。美國知道也了解日本在經濟上嶄露頭角的薰風吹弄下翩翩自舞的心理。該給的給，不該讓不該給的就不客氣了。這就是「變通」之計。

我們再舉一個另外的例子，來看看權變的重要。在日本國土的北端，原有四島，但自蘇聯在二次大戰中出兵強占以後，就變成俄國國土的一部分了。歷屆日本政府都在為北方四島的收復事宜上向俄國交涉，但都無具體結果。四島中最大的一個，俄國乾脆易名為「庫頁島」，闢為俄國在太平洋的海空基地。日本人想去祭祖拜墳都不可得。不僅如此，日本漁船在該海域作業，不被驅趕，便被俄國火力射殺船員。不管日本如何討還，俄國就是相應不理。最近日方宣布，日本要在他們長期以來要討還的島嶼上設置領事館來處理問題了。這等於說，日本已經放棄了原先堅持討還的初衷，而承認俄國對這些島嶼行使所有權了。這就是「變」。前面說的「萬變不離其宗」，即是說對俄關係，基本上原則上一點也沒變，有朝一日日本強大了，自俄國手中取回四島，並非一無可能。但在目前，以忍謀國。

除了北方四島以外，在日本與南韓國境間還有一個小島，日本人名之為「竹島」，韓國名之為「獨島」。雙方都稱對該島擁有所有權。一九五六年，韓國總統李承晚索性派兵占領該島，收入版圖。自當今日本鷹派首相橋本龍太郎主政以來，又將此事重提。殊不知南韓政府連協商都覺得費時，又派軍前往該島舉行大規模軍事演習。這項由政府主導的政治秀，參加的軍人、僧侶及平民甚眾，聲勢浩大，欺軟怕硬的日本於是知難而退。韓國人要湔雪從前淪為日本管轄下的殖民之恥，對於日本一向以「高麗棒子」的粗獷作風對付，這種變通的態度，無往不利。去年日本首相橋本龍太郎訪韓，與南韓總統金泳三相見。我在電視上但見橋本氏不但未著官服，竟連領帶也未打上。這充分表現了日本人見了韓國人的驕矜嘴臉，且也太不顧國際禮儀了。但是，韓國總統金泳三氏竟也以便衣接見。金氏不是不知國際禮儀，不過，他要向小日本發出的訊息則是：以子之矛，攻子之盾。你跟老子耍花樣，老子對你不必客氣。可見，「變」的通性大矣。

總之，國際上沒有人真要跟你剖心相交的，沒有什麼絕對的道義。外交一詞，根據《辭海》的解釋是「處理國家間相互關係之手段及方法」。既係手段，又云方法，那就清楚的表示了絕非一成不變。所謂「窮則變，變則通」，正是。最近，南非政府為了自身利益，相權之下，宣布與中華民國斷交，這也是求變，我們不能總是以「道義」去評量。變者，權宜也。不是嗎？

——一九九七年一月三十日《中華日報》副刊

菸害在日本

在當今世界上，以一個經濟富有、人民教育水平極高而又世故的國家來說，其國民吸菸人口之眾，大概非日本莫屬了。在辦公室內，或搭乘火車，或行於街道上，在日本，你都會頃刻之間被菸霧籠罩。在餐館進食，如果居然沒有飛煙繚繞，你或許還會頓生「意猶未盡」之感呢。「禁菸區」的牌示，在東京銀座，可以說就跟乘坐一輛大型的美國雪佛蘭汽車遊車河一樣，極為罕見。

何以如此？究其根本，不外與政府當局大力提倡菸草工業、獎勵人民吸菸之政策有關。日本的菸草工業實為政府所控。換言之，獨攬菸草工業股市大權的大老闆正是日本政府。財政部擁有全國菸草工業股權的百分之百。因此，國內香菸促銷，百分之八十乃為政府所控。美國菸草工業雖說極為覬覦日本市場，但是，充其量搶到手的不過全日本百分之十六的市場罷了。

什麼人吸菸？據統計，日本吸菸人口的百分之六十為男人。女子吸菸人口雖說年有快速增加，但截至目前為止，僅占百分之十四而已。要命的是，半數的醫生吸菸，護士的吸菸人口大約也不亞於醫師大人。當然，在官場上，吸菸的情況甚為普遍，也就無須細述了。

去年，全日本香菸銷售額高達三百億元。政府在菸草稅收方面所得的利潤竟也高達二百億元左右。政府賺取了大把鈔票，這也就無怪乎有些公職人員公然對外宣稱，吸菸對於人體有益無害。儘管新聞媒體向外公布肺癌患者人數已是全國男子致死原因的第一位，但政府人員彷彿視若無睹，仍然幾近肆無忌憚的為政府辯說。

日本菸業工會發言人佐佐木說：「鑑於吸菸有損人體的研究已經顯示了其本身的弱化趨勢，我們業已展開了自己的研究。雖說目前尚無可喜的具體結果，但，我們自己的研究卻顯示了一項可喜的徵兆，即是說，吸菸能使人體中樞神經系統趨於活躍，促成了腦部及情緒上的均衡作用現象。」

在美國近年所掀起的公開禁菸運動，對日本也造成了相當程度的掣附作用。不過，在日本，至少在香菸包裝盒上加附的「警告」卻是相當相當低調的。日本香菸盒上警告的用語僅是這樣：「我們鑑於吸菸會對閣下健康造成可慮的考量，誠意勸戒閣下切勿吸用過量。」與此同時，日本政府也撥出了一筆經費，責成由衛生及社會福利部具名，來從事反吸菸的各項活動。但這種象徵性的表態，僅就去年政府花銷於此的款項來說，只不過占了用於促銷香菸經費兩億五千萬元中的二十三萬元而已。與穿著迷你裙制服，站立在鬧區街角，向過往行人免費贈送香菸樣品的年輕少女一相比，可說政府花費在反吸菸運動方面的經費及努力就非常非常的有限了。在過去三年中，政府連設計反對吸菸所用的廣告費都一毛不拔。衛生及社會福利部反吸菸運動小組的負責人就說，該小組的成員，算上他本人，僅得四員。這姑且不論，就連一個由政府相關四部會派員組成的研究小組，也已經連續兩年未曾召集開會了。

日本人的吸菸習慣，雖說緣起於四百五十年前葡萄牙海員的引進，可是，吸菸蔚為盛事，且為一般日人所能負擔，卻是第二次世界大戰以後才形成的。在政府機構中，由於吸菸的正反雙方都並無何等斬獲，於是，一小撮富有正義感的民主人士就介入了爭論。「菸草公害新聞中心」的負責人就宣稱：「本中心對於吸菸一事大力反對。我們的三大目標是：一、極力主張取締電視上的香菸廣告。不僅如此，凡是透過電臺廣播及出版新聞媒體所作的香菸促銷廣告，亦在本中心的取締宗旨之下。二、凡是運動項目經由香菸公司的資助支持者，本中心一概予以抵制。三、本中心贊助各級學校所展開投入的各種有關香菸有害人體的教育計畫，我們也促使工業界及政府，明確且多多設立『非吸菸區』的牌示。」

基本上說，反吸菸運動在日本也確曾迫使當局做出了若干調整及改善。比方說，在火車及公共汽車上，「非吸菸區」的牌示已經增闢了。此外，由於地方政府及廠商的合作，在若干工作地點都可看到「禁菸區」的牌示，工作人員中因此減少了吸菸人口，工作效率也顯著提升。還有一個叫做「婦女反對吸菸行動委員會」的組織，口口聲聲對吸菸作出討伐的申訴。她們說：「有吸菸惡習的婦女人口增加，乃是由於在日本大男人主義倡行的社會，婦女吸菸證明其不再受大男人主義的約束，而充分顯示了婦女的個人自由。」

反吸菸人士所掌控的一項小規模但極其奏效的辦法，就是在有線電視上大作廣告。他們請到了一位過去紅極一時的電視喜劇演員，把他自己由一日連抽三包香菸而終於戒除了菸癮的事實，在電視上現身說法。觀眾可以看到這樣的畫面鏡頭：這位曾經在電視上享譽的諧星，兩眼發直的正視觀眾說：「一直到我倒了嗓子，這才了解到能言善道該有多好。諸位，我只有一句話奉勸大家，別吸菸了！能不吸就別吸了吧。」說罷，當他把一根香菸一折為二隨手拋棄之時，電視上打出了這樣的字幕來：「百分之九十五的喉癌患者都肇因於吸菸之害。」

不過，如此煞費苦心製作且具有重大意義的電視廣告，卻竟然被經由政府大力推銷吸菸的廣告所淹滅了。在亞洲，除了菲律賓，大概只有日本仍允許香菸業在電視上作促銷廣告了。按照日本「菸草公害新聞中心」的人士說：「據日本現行法，為了香菸的促銷，為了菸草工業的利益，為了政府的可靠健全的稅收，於是乎政府做出了促銷香菸的努力。也許我們可以這麼說，政府關心稅收，要比關心國人健康衛生重視得多了。」

中國人常說，政治上的事沒有什麼準則的。看來，至少對日本來說，確乎如此。

——一九九四年十二月十三日《中華日報》副刊

雲無心以出岫

吸菸危害人體健康導致癌症等各項疾病，尤其是在不幸吸入了所謂的「二手菸」之後，被癮君子強加「薰陶」，其所受到的不良影響，早就令人談虎色變，矚目關切而街談巷議了。

美國是一個民主法治的社會，基本上憲法保障了人的自由。即拿吸菸一事來說，政府方面雖然承認，少數癮君子隨時隨地吸菸對於多數人的健康與環境衛生造成深重影響是事實，但對於這些癮君子及菸草製造業者的權益，都給予一定的尊重及保護。歸根結柢說，希望菸草製造工業能夠提出令人信服的解說，證明吸菸絕對無礙人體健康。為此，正反雙方（菸草工業方面及政府方面）百般蒐羅證據，高價禮聘辯士，徵召科技方面專才，在國會聽證席上唇槍舌劍，據理力爭，前前後後，可說一場如煙似霧的官司，已經進行了相當一段時日了。

到了九四年八月二日，星期二，美國政府的食品藥物管理局(Food and Drug Administration)所掌領的一個「藥物濫用諮詢九人小組」，居然全票一致通過，認為香菸中的尼古丁，乃是造成人們被引誘上鉤、抽吸而不可自拔的有力媒介。該九人小組更進一步指出，時下在市場可以隨手購得的香菸，其所含尼古丁成分，確實已經到了讓人一旦吸用，遂有染指嗜狂問題的嚴重景況了。

這項九人小組作成的報告，當然反映了政府食品藥物管理局的態度。這無疑是說，食品藥物管理局今後得有全權按照該局施用於其他藥物的處理辦法，對菸草一業的製成品加以管轄控制。同時，該九人諮詢小組並聲稱，在未來十年中，他們將要求菸草製造工業，把菸草中的尼古丁成分大大減輕。他們所作成的結論，似乎可以視為在政府對於戒菸一事作出的欲動之勢上，注射了一針強心劑。

香菸中的尼古丁，究竟對人身健康起著什麼樣的作用呢？按照醫學實驗，對腦：尼古丁可以刺激神經系統，然後散發類似嗎啡性質的氨基酸，它可以幫助人鎮靜；對肺：尼古丁被吸入血管中；對心：尼古丁增加心臟跳動，且速度加快；對血管：由於尼古丁的侵害，使血管遭受壓縮，產生淤塞，最後導致高血壓。其實，尼古丁正是吸菸有害的主要元兇。而正反雙方長久的爭辯，也就膠著於「上癮」的問題。菸草工業所聘用的科學家們對於「上癮」一語的解釋是這樣的：「當某一藥物對於人體產生全然支配的作用時，原來人體中賴以助益的東西乃被取代，這就叫做上癮。」主張戒菸的一方立刻同意，他們說：「說得好。尼古丁對人體造成的傷害，正可以用來證明你們所說的上癮的事實。吸菸的癮君子一旦要戒，便發覺是難如登天。」

一點都不錯。我的老友高恭億兄，當年就是老菸槍，每日吸菸三包。經我百般勸戒後，他答應購買一種「假菸」。所謂假菸，是其包裝印製都稱精美，每盒大小也類真品。但因究非用真菸草製作，其味怪異，吸用者不堪贋品之劣，於是中輟，終而達成戒菸使命。但，殊知高兄竟將二十枝贋品全數抽吸一盡，而且口口吸入肺中，未有絲毫外溢。我見狀大驚，連道：既然如此，老兄乾脆捨假存真吧。初戒不成，高兄自動獻議，買來真菸一包存放我處，但云要抽用時必來我處索要不可。欽其有志如此，答允玉成好事。殊知在校兩節課中間休息的十分鐘，他竟來我辦公室索要香菸四次。不堪其擾，遂原包奉還。此後，偶與他去粵式餐館吃飯，入門處常見有懸掛之燒鴨、叉燒等物，高兄每自嘲曰：「一到此處，見物思人，於心有戚戚焉，蓋我身上的肋條骨都成了叉燒肉了。」高兄最後以盛年死於肺癌，雖有心戒菸，但已為時太晚，欲戒乏術矣。

據科學報告說，美國死於抽菸的人數，每年高達四十萬左右。這跟每天有兩架滿載乘客的七四七波音飛機出事，其一年累積的傷亡是幾乎一樣的。縱使科學家們並未作出決定，認為何種程度的尼古丁會對人體造成不良傷害；不過，他們強調的是，百分之九十被調查的吸菸癮君子，都坦承他（她）們吸入的第一口菸是早在二十歲以前。而這些人中，百分之七十五染有每日必吸的習慣，而此習慣早於二十歲前便養成了。

自從外國香菸開放進入臺灣市場以後，人們（尤其是年輕的癮君子）已經自由地吞吐呼吸於華洋之間了。我於九三年返臺，親眼所見正是如此。而且，年輕朋友中，女性抽菸者之大方、自然、毫無靦腆之態，更是讓我驚訝。而在中國大陸，聽說吸菸人口乃世界之冠。我在此間所看到的中國大陸電視劇男女演員對吸，其瀟灑自然，手法之嫻熟，真是歎為觀止。有時一個鏡頭中吸菸者多達四、五位之譜。煙雲繚繞，好像都飛逸到螢幕之外來了。

中國大陸的人民慣於吞雲吐霧，這可以理解，因為他們的生活自從革命以來，迭連大變，在在需要調適，在在需要潤飾開拓。然則，在臺灣生活的自由人，如果在外國目前大力推動戒菸的巨浪之下，居然還人手一支，快樂似神仙，表示著人民有充分自主權，而政府居然還菸酒公賣，坐收大利，也許洪水滔天氾濫的日子就相去不遠了。

——一九九五年二月香港《明報月刊》

辰間世界

一九九四年八月八日，我在一個小時之內，自電視上看見和感受到了世界的脈搏躍動。

電視螢幕上映出了當日新聞，我在短短的六十分鐘時辰內，行遍世界，遊過全美。這樣的感受經驗，使我回想起了幼時抗戰期間，偏處西南，無報、無電話、無郵件、無電視，當然也無來人。萬里之外，鄉關國土、宇宙世界究竟如何了，一無所悉。哪似今日，聲光化電，不要說世界之大已是渺滄海之一粟，就連外星也可在電視螢幕上親見，瞬息變化，呼吸慨嘆似乎都可聞聽。科學的日進，迫使我們不得不張耳拭目洗腦，每分每秒都要跟隨時光招喚，否則就落伍倒退了。世界之大，近在須臾，日日環遊世界，遠走八荒。像這等豪灑，真是當年做夢也想不到的。

然則，我在電視螢光幕上，究竟窺看到了什麼？我先看到的是非洲盧安達(Rwanda)的難民。飢兒餓殍，睜大了木訥的眼，任蒼蠅在他們因飢渴失形的臉上爬行。一位中年的母親，無力的躺臥在地上，沒有病床，沒有設備，兩位聯合國派去的救災工作人員，只能以一塊濕巾拭擦病婦的額角及嘴唇。另一位戰地將軍（白人），手捧著一個鹽水吊瓶，讓最後的一點人道支援點滴滴入婦人的體中。婦人的呼吸極其微弱，眼中無神、無淚、無恨、無望，卻不閉上。那死亡前的神志清明的一刻，所給我的衝擊太大了。我一下子讓記憶飛跨汪洋大海，馳回五十年前中日戰火燎原的神州大地，我所親眼看到的流離失所、病弱婦幼、衣不蔽體的人潮，他們在戰爭的煎逼下，在命運的嘲侃聲中，無言的默默的走向死亡的黑谷。

但是，那是敵寇的賜予呀！敵寇是異族的強盜，而盧安達在二十世紀行將結束的今天，在人類已經登上了月球的今天，在人類文明突進的今天，在第二次世界大戰之後四十多年的今天，居然因「內戰」，而幾十萬人被屠殺，赤身裸體，無衣無食，就在世界人類快要奔向別的星球之前，埋沈在貧瘠的土地裡！多麼大的慘痛啊！為什麼？為什麼在經過了德、義、日侵略野心國發動的世界大戰之後，又經過了中國的國共廝殺、朝鮮半島的激戰、越南的血洗……之後，又有非洲盧安達的內戰殺戮？南美洲那些貧弱的小國，又有哪一個不是一直在戰亂頻仍之中？世界強國創造發明了的殺傷力強大的軍火武器，被經濟落後、政治蠻荒的弱小國家拿去當成亂源的工具。世界強國在朝著發展民生、步向繁榮的途程上前進；而貧困弱小的民族國家，則其人民仍在求取最低限度的生活——養活口體，免於一死。

我真的不能相信在經過中日八年抗戰、國共火併的內戰之後，在棲遲異域的老年生活中，居然又再親見戰亂傷亡的逃難人潮，親眼看見人的尊嚴再度為人類自己所剝奪！

電視上的新聞鏡頭自非洲移到了北歐的瑞典。一位八十四高齡的盲婦，參加了高空跳傘。她大無畏的在空中伸臂，雙手做出「勝利」的手勢，張大了口。我聽不見她在斯德哥爾摩空中發出的瑞典語的歡呼，但我可以感受到她一剎那中的欣快豪情。這一次跳傘所支付的財力是多少我不知。但是我知道，用讓一位不愁衣食病痛的老婦得到巨大的興奮的動機就可以拯救數條非洲盧安達被棄於野的健全生命了。

再下面的一則新聞是，在洛杉磯，有一匹馬滑落公路邊的山崖。一架直升機派了兩名特種技術人員，將馬匹用繃帶綑紮，然後安全吊起，終於脫險。在盧安達，因戰爭飢餓死於野的人，都是一堆一群的。人不如畜，並不誇張。

緊接著，鏡頭轉到了歐洲匈牙利的首都布達佩斯。美國名歌舞演藝人麥可・傑克遜，跟貓王普勒斯萊的千金女兒，兩人在轟動世界媒體的報導下，作了他們新近結婚以來雙雙出現在觀眾眼前的現身。傑克遜戴著他那副黑色太陽眼鏡，太太一身雪白的衣衫，展笑下機。隨即，二人領導著一大長隊的偶像歌迷們，在激揚的樂聲中，開始了起步自機場的大遊行。跟盧安達的非洲黑人相比，傑克遜早用花費不知若干的金錢，把他的黑色皮膚變成白色了。當然更重要的是，他不必畏懼自己的生命如同草芥了。

最後一則新聞是某城新近建立啟用的「貓犬寄養中心」。攝影機跑進了中心，汪汪咪咪，燕瘦環肥長毛短毛的貓狗滿地，牠們的行動比起幼兒所的娃娃都要靈活健康多了。貓狗的飲食十分精緻，而牠們遊戲的種類之多之有趣，使我一下子又想起了在非洲盧安達的黑人幼兒青少年無家可歸的災民。新聞說，貓狗寄養中心每日取費美金二十五元，一個月照每星期五日計算，粗略也將近五、六百元了。這樣的數目拿到非洲去，難道養活不了無依的五十位幼兒的口體嗎？

所謂新聞，就是指社會上發生的異常現象。所有窮困的情況大概都是第三世界國家才有的，人的尊嚴在第三世界攝取到的鏡頭中是不易見到的。而這樣的新聞——世界性的，卻多由第一世界的人員來報導，大千世界，文明的進步就在經濟迥異的地區輪旋！

——一九九四年九月十四日《中華日報》副刊

此其時矣

發自上海的八月二日電訊說，中國第一部以抗日戰爭時期震驚中外的南京大屠殺為題材的故事片，已經在上海正式開拍了。新聞標題不大，也並不是刊在醒目位置。可是我一掃眼便不能放過，一字不漏地看完後，似乎喃喃地自道：「謝天謝地，早該如此的囉！」

電影暫名《屠城血證》，取得好。我說好，是因為片名予人強烈震撼的歷史感。該片的編劇是南京人，他說劇本已經過兩年多的籌劃，查閱了大量有關史料，也採訪了許多當事人。寫成之後，腳本復經由歷史檔案專家嚴格考證論斷，以求儘量保有歷史真實性。這種嚴謹的工作態度，可以讓我們相信，至少此片是足以召信而非譁眾的。

我的感慨首先是被新聞中「第一部」的字樣勾引起來的。五十年了，猶太人天涯海角去追索當年希特勒時代屠害他們裔民的戰犯劊子手；日本人在廣島長崎當年被美國原子彈摧毀的廢墟上建立起了紀念堂和陳列館，用怵目驚心的圖片和證明人類戰爭有史以來破壞性最酷最烈的「物證」，向日本人民及全世界人民昭示日本遭受巨力報復的慘痛。透過科技時代的資訊傳播，拉縮了時空，把戰爭的責任巧妙地從自己肩上卸下，而嫁之於美國了。每年逢原子彈投擲紀念日，廣島長崎的市民都舉行集會沈思為死難生靈默禱致哀，鐘聲沈遠暮重。更在入夜用木製的小舟載了燭火幽幽的冥燈，漂流入海，告天祭魂。而一些所謂「世界和平愛好者」的國際分子，包括美國人，都去參加。即連美國，這永遠前瞻，易於忘懷歷史的年輕國家，也曾透過商業性的電影藝術，對於二次大戰以來包括韓戰越戰的歷史，從不同角度，作了適當的陳述和探討。而只有我們，被日本侵略殘害得那麼慘重的國家，卻從來未曾正面積極地向日本討索這筆血債！

「以德報怨」的原則，固出於中國民族雍容敦厚的文化傳統，但是，對於南京大屠殺那樣無可寬赦的罪行，中國人是有權利去曝光的。我們沒有像猶太人那般跡近窮兇惡極的追迫納粹戰犯，卻至少應該積極地主動把中國人民受難的人神共憤史實，向世界昭示了。二次大戰受害最慘的民族，並非只有猶太人。中國人也是一樣的。這部電影的導演說得好：「南京大屠殺已發生五十年了。有些別有用心者企圖用種種手段歪曲這一歷史真相，我們不能再沈默。」我們的確再不能沈默了。南京全城當年被日軍強姦的婦女竟達兩萬以上，百分之六十七以上的家庭有親人被殺害，我們還能沈默嗎？

「以德報怨」並不意味將歷史一筆勾銷。當年政府提出這樣的原則是基於泱泱大國的寬宏大量，甚至於對日和約遲遲簽定，連臺灣的「身分」從未在和約上正式明言「歸還」都可以解釋成政策的權變。但是，中國人民，是沒有理由以緘默來配合政策的。《屠城血證》的導演說，這部電影要表現出南京市民都曾經歷過的「噩夢般的感覺」。他將以長鏡頭再現長江江邊大撤退時萬人爭渡的慘況以及日軍屠城暴行。

其實，「噩夢般的感覺」何止南京市民獨有？中國人，不論海內海外，何嘗停止過被這噩夢般的感覺震撼的驚悸？是時候了！但願這部電影的拍攝成功是一個新的啟示和起點。我們今後，要開始一連串讓國際——尤其是日本感受歷史震撼的陣痛的作為，讓這被污辱與被損害的靈魂重生，昭彰於人類的發展史頁上！

——一九八七年十月二十一日美國《中報》「東西風」副刊

遊春人在畫中行

春風吹面薄如紗，
春人裝束淡如畫。
遊春人在畫中行，
瀟瀟飛舞春光下。

今天，我坐在電視機前，望著CBS電視臺的新聞播報，當主播人報告說：「蘇聯總統戈巴契夫已辭去俄共領導人職位，他並勸告俄共中央委員會立應自行解散」時，真不能相信自己的耳朵，更不能相信自己的眼睛。

本周開始傳出發生於俄共中央的「八人幫」政變，戈巴契夫被絀，接著三天之後政變經宣布流產失敗，而戈巴契夫重返莫斯科，現代派的異議分子蘇維埃共和國總統葉爾欽氏如日東昇，照亮莫斯科紅場，照亮了全俄羅斯，也同時照亮了全世界……這一切的一切，真如彗星之乍現，光尾綺麗璀璨，在數日之間自我眼前劃過，讓我不能閉眼。

我在電視畫面上所看到的，是莫斯科渴望人性自由的人民，滿面春風，手持著故有的白、水藍和紅三色的巨幅旌旗，唾棄了鐮刀斧子的共產黨標誌，大口吞吐著自由空氣，在街頭示威走著……猙獰的列寧銅像相繼被推倒了（我在一九八一年長江「東方紅」號遊輪上的頭等艙休憩室中，就建議他們把懸掛壁上的馬、恩、列、史四人的相片摘下，代之以屈原、李白、白居易和蘇東坡），那首我在幼時（四十五年前）習唱的歌曲，竟自沸熱的胸臆中躍騰而出了。

共產主義破產了！一黨專政解體了！太好了！我在內心興奮高喊。我不信共產主義，也一直認為那是違悖人性的謬論。我們不必高談什麼宏偉理論，但我們知道人類絕對是自私的。共產黨把共產主義高呼入雲，幾乎認為世間無不可共之產。但是，唯其不能似鳥獸般主張「共妻」、「共夫」，即連共產社會也仍是一妻一夫制。那就是主張「私有」！骨肉子女冠以父姓，那也是絕對的「私有」！只要這樣的「私有」存在，共產主義就說服不了我。民主制的優點就在「多數決」，少數人儘管有自由不同意多數的決定，但是必須絕對服從遵守。人有智有愚（至少目前絕對如此），因此，我們只能儘量設法，以溫和真誠的態度，在「私有」制下，努力幫助達到人與人之間的均衡和諧。而絕對不能共產，絕對不能把所有人放在大等號上讓他們吃一樣的大鍋飯。這一定就是自由為什麼是為人類熱愛的最大原因。一個少數人的黨要藉恐怖獨裁來統治多數是行不通的！

——一九九一年九月八日《中華日報》副刊

介入問題

名史學家，柏克萊加州大學教授黎昂・李威克(Leon Liwack)，今年在該校為建校一百一十五周年而特別舉行的第二屆公開演講會上，對三千餘名擁護憲法原則、強調公平正義精神，包括師、生、校友及社會人士的聽眾說：「歷史告訴我們，對人類社會構成重大危害的人，並非持有異議高唱反調的有志之士，而實際上反是不用思考、不去懷疑，既看似溫馴又冷漠無情的沈默大眾。青年學生在行使憲法所賦予的言論自由權的時候，我們不必有絲毫驚恐；倘若他們對於在變遷中的社會喪失信心，甚至感到絕望而一言不發，對整個的社會來說，那才是亮起了可怕的紅燈。」

大哉李氏之言。

我們切勿認為李氏所說是聳聽危言。其實，「持異議」一向為柏克萊之光榮傳統，李氏不過是像把奧林匹克大火炬擎到永恆不息的聖火大壇途中，一名接力的偉大運動員罷了。持異議的作風，正乃柏克萊人文精神，也就是曾經從柏克萊校門走入社會的楊牧所說的「結合學術研究，和社會介入於一體的精神」。再從中國歷史上找例證，便是從明代東林書院「風聲、雨聲、讀書聲，聲聲入耳；家事、國事、天下事，事事關心」所標榜的讀書人「士」的精神，到民國早年五四運動的新青年精神。這樣看來，「持異議」並非洪水猛獸、可怕之至的東西，而實係汰舊換新，促使體貌煥發、生機旺盛的血液，是有其積極性與嚴肅的實質意義的。楊牧更對這種講求實際的精神進一步闡釋為「介入問題，在書本和現實之間尋求知識方案的平衡，為熙熙攘攘的群眾提供智慧的判斷，不談玄，不誇口，腳踏實地，一切措施以立竿見影為原則，甚至不惜為官僚和教會所忌，為資本家之敵」的理直氣壯、無懼勇進的精神。我們如果會對這種進取的動力感到怵惕甚至畏退，正是因為不敢面對或不願正視現實情況的心理狀態。於是，官僚、資本家和教會很容易攜手妥協，合力圍堵、阻撓或攻擊。在中國，歷史上總搬出「治、亂」的解說來，總認為凡是向傳統既有挑戰的「破壞」(subversion)，即使是文化性的，乃是導致「武力顛覆」(armed subversion)的必然前奏，於是蠻橫無理地在二者之間強畫上一個等號，於是宣布所有的革新意識為「不義」、「惑眾」，為致亂之源，於是為求「治」而將之鎮壓、凌辱。也就因此，如果承認中國歷史上有所謂的「文藝復興」的話，也遲遲到了二十世紀民國時代的「五四運動」，才大規模公開的對「國故」加以省思，考慮去留的問題。換句話說，如果沒有洋槍洋砲帶給我們發聵震聾的結果，我們還不能痛改前非，還是喝那代代相傳的老滷高湯。

當然，我們不能否認，某些別有政治企圖的野心者，會借勢利用前面所說知識界的持異議理論或行為，為達到己身利益的手段。我們也不能否認這樣就會造成為維護既得利益的官僚與資本家和致力在書本跟現實中尋取知識方案平衡的知識分子間的猜忌、誤解及意氣之爭等衝突。對此，我們勢須特加小心謹慎。知識界的持異議，正是一個健全社會所應喜見，而可以因勢釀成社會體制益發充實步入軌道的酵素。這是表現了「慎思、明辨」的正面效果，再加利導，便是介入問題的「篤行」。別具政治野心的人所從事的「顛覆活動」(subversive activities)和知識界從文化進步角度所積極發起的「破壞」行為——其實就是興利除弊，是不能混為一談的。前者藉口改革，是唯恐天下不亂的行徑，也就是當年胡適之先生名為「盲目的革命」那種東西。認清了此兩者之間根本的差異，有助於加速推動社會各方面的改革與文化的重估建設。

所以，在今天，一個業已開始變遷、業已走向開放的社會，必然會以加速的步伐走向更為開放，終而臻達全面開放，是完全可以預期的；也唯其如此，是非難明的混淆現象乃在所不免，我們必須了解，大多數純正善良好治而不好亂的社會中堅——中產階級，在社會轉型期中表現出的略微失據、緊張，甚至驚恐憤怒，是絕對可以理解的正常現象。他們亟待助援，而唯一可以對他們施以援手的，既非官僚，亦非資本家，亦非教會，而是高級知識分子——具有真知灼見、高尚情操及知識良心，在書本和現實之間求取得知識方案的平衡後，挺身而出，介入問題，為群眾提供智慧判斷的高級知識分子。他們不是但為官僚、野心政客甚或資本家利益而推銷膚淺知識，鼓譟巧言譁眾取寵的知識分子侏儒。

這些高級知識分子，請走出象牙塔，走入群眾，介入問題。

——一九八八年三月一日《聯合報》副刊

毛病

中國大陸釀製的酒，近數年來在臺灣極為「風光」，也早成了飲君子的爭寵對象，更把有些專喝XO白蘭地者的崇洋心理稍予抑止。新近政府開放了探親政策之後，大陸百貨突然如地下水一般，棄暗投明，公然從黑市而湧進市面了。佳釀身價倍增，搶手難求，自也是意料中事。但是，不法奸商竟開始在臺私造，用「舊瓶新酒」手法牟取暴利，胡搞瞎來了。

所謂胡搞瞎來，是說以假換真。報上說，稍有良心的私酒商尚知在新醅中滴進若干原酒求其「近似」以達心安，黑心的則使用化學成分羼兌到傷身損健而不惜。這樣的消息對我而言已非新聞，九年前返臺應當時《中國時報》副刊主編高信疆兄拉伕充任小說徵文評審，見他雙眼浮腫，白眼球血光一片，大詫而驚問其故，始知是誤飲冒牌黑標行者尊尼威士忌所致。高兄福大，聽說有人貪杯而被奪去雙目，那就不堪了。如今未及數年，舊事重演，只是喝洋酒已不足奇，消費者購買力大增是一原因，進口菸酒公賣是另一因，無須偷偷摸摸，大爺有錢便有貨。可是，這般情況，對於離鄉背井棲遲臺島數十寒暑，如今仍無能力還鄉探望的人，

「何以解憂，唯有杜康」。天涯明月，隔海相望，原以為或可聊飲一杯家鄉酒以慰遣老懷的，竟以高價誤購假酒，甚會飲後望「斷」淚眼，未免太酷。

臺灣奸商製造贋品假貨，早已蜚聲國際。假手錶（如勞力士）、假運動衫（如Polo）、假名牌球鞋等等以外，名目日新。這些贋品還被偷天換日手法瞞混出口，把臉丟到外國。盜版書籍的問題在臺灣至今未有對策，巧取豪奪已經無法無天。前些時還有把餿油回鍋，把用了即扔的竹筷木筷揀拾再包冒充新貨售賣的行當，圖小利到了下作無恥，報紙雖見披露，未幾遂被遺忘，「大家樂」已使人樂得智昏志喪。

我提出這些不光彩的糗事，是因為居然聽見有人在為此辯護，說是「雞毛蒜皮小事，不必小題大作，大驚小怪」。更有人義正辭嚴地說：「殺人搶劫強暴販毒的事每天都有，這點事情算得什麼！都是小毛病啦！」好一個小毛病！一句戲言尚且會招來殺身牢獄之禍，傷風咳嗽可以轉為肺炎甚至性命交關，豈是小哉？大概中國人的「毛病」就是把事淡化，化大為小，化有為無。一切只貪圖目前小利，因此連賺錢也賺得沒有出息。總是湊和，搞不出大格局，但是偏愛以歷史文化大我自居。我不禁又想拿自己跟小日本比一比了。「日本研究」在日本政府及私人工商巨資大力策畫推進下，已在國際間造成旋風，美國著名大學都有日本財團捐贈的大額研究基金，我們呢？外匯存底那麼多了，怎不見捐贈基金呢？再談做生意罷，日本國土雖小，氣魄卻大，胃口亦大，勁頭更大。人家不造假酒，不幹咱們喪天良悖人理的勾當；人家自製的「甚得力」(Suntory)威士忌，醇美芳香，色佳質優，包裝高雅精緻，身價昂貴，早已在國際上露出鋒芒，口碑處處。人家不賣假勞力士錶，而賣自製的真「精工舍」(Seiko)錶，高貴大方，風行世界。人家也不賣假牌Polo shirt，總之，人家不搞那種沒面子的事。人家不提供廉價勞工，不屑賺這等小錢，而是投大資、合大股、設大計去賺大鼻子洋人的大把銀子。

我們從派遣留學生赴日，到現在也近百年了。從前清到民國，從大戰前到大戰後，學來學去，我幾乎看不出學來什麼日本文化精髓。人家的勤勉不苟、服從敬業精神我們沒學到；人家好高騖遠但不流於空談的實事求是態度與作風，我們沒學到；人家總以趕上(現在多方面早已超過)英、美、德、法諸西方先進國為進取目標，我們也沒學到。人家不賣海盜版的洋書，因為人家的印刷出版事業太發達，不屑為。再說，人家要臉。人家學西方之長、之大，我們則學人家之短、之小。不是嗎?我們只會學做學吃日本料理，搞卡拉OK，摹仿日本女人小家氣的摀嘴笑，學人家唱和歌的發抖唱法，學人家女演藝人員小鼻子小臉小嘴、小模小樣的舉手投足，學人家……。

總而言之，我們的「毛病」並不小，而實在大極了。毛病不是大患絕症，但這就跟長了一身疥瘡一樣，無論如何是予人不健康、不衛生、不體面的印象的。這也跟有一身濃烈狐臭的人一樣，別人一定會疾走摒息趨避的。

——一九八八年三月一日《聯合報》副刊

開襠褲和紮腿褲

在我年幼時候，大約四十餘年前，不但民生凋敝貧薄，即連民風也相當愚蒙。用新點的詞語來說，就是社會保守落後，人民教育水平偏低。對於「豐衣足食」的概念可說全然沒有，就是那樣的現象，恐怕除了少數城市中的少數高收入人口及一些得天獨厚的地區之外，亦全然沒有。

世亂漂萍，僅以衣、食、住、行四者中的前二項而言，要維持粗茶淡飯的局面並不易，更不必奢談時髦打扮了。記憶中，一般老百姓穿的多是黑、藍二素色的粗布衫褲袍襖，連白色花色都不常有。舉目所見，沈鬱幽古，很不爽然。而予我印象最深的，當屬年長者穿的紮腿褲和小兒穿的開襠褲了。

紮腿褲是因用黑綢（或布）帶將褲腿束紮起來而得名。之所以如此，基本上是為了禦寒保暖。斯時物質條件不豐，輕而暖的衣料並非沒有，只是人民大眾無福消受罷了。人民大眾禦寒的衣裝就是棉襖棉褲棉袍，臃腫滯拙，年歲大的人把褲腿束紮起來，除了增加保暖以外，實際上也兼有方便之功。至於開襠褲，那是為小兒特別設計，簡便捷巧的發明。給在襁褓中吃奶的嬰兒戴尿布，可說是大人和小兒兩得其便似乎天經地義的事，此舉西人亦復如是，可為證明。不過，到了小兒牙牙學語，蹣跚學步試圖孑立，甚或斷奶，大小便尚不能控制自如的這段尷尬過渡期，中西處理的方式就大有異趣了。西洋人此時善待小兒之道是或把以尿布封門阻道之法延長，或由大人亦步亦趨頻加誘導，完成對小兒「予人方便，予己方便」，尊重他人，同時尊重自己的潔身自好人格教育，使每一個「個人」從幼小便培養成完整絕對的獨立精神。而回觀我們中國式的做法，通常是由母親、奶奶（或婆婆）、姐姐提胯攔腰抱到大門口，當街就任前後「穿幫」的小子大小自便（有時還由撐抱者吹口哨唱小曲促成），於是自幼便養成了不尊重別人、罔顧群體，而猶認為理所當然的惡性劣習。大乎哉？大乎哉？中西之別始於小兒，其別亦大也矣！

總之，視開襠和紮腿二褲為四十年或半世紀前中國人保守、落後、幼稚、愚昧、老朽、殘敗的形象，基本上是不算言過其實的。

然則，四十年、半世紀後又如何呢？在這段時日裡，二次大戰勝利同盟國之一，曾經自豪為「日不沒國」的大英帝國隨著日落而光彩盡失，到了連擄來最大最亮的一顆明珠——香港，也要在不到十年中拱手交還給中共了。戰敗國的德國和日本，如今各在歐亞搖身一變成了舉足輕重的世界經濟巨擘，共產主義的觸鬚從莫斯科伸向了歐亞，美蘇兩大超級強國的軍事競賽把人類的文明推帶到毀滅的邊緣，人類已經登陸月球，宇宙太空再不安寧，……而中共卻在這四、五十年中先後為外患內亂所困、所殘，基本上還是保守、落後、破敗、貧苦的境況。在政治上，是一黨專政的教條思想和僵化的基本政策；在經濟上，雖說漸採資本主義經營方式，民生仍顯凋貧。總的來說，開襠褲和紮腿褲的形象未消，頂多是紮腿褲的棉絮稍事翻新，開襠褲的布料稍精，當街大小便的次度略減罷了。

在臺灣，四十年的偏安，靠教育的普及加上自我勤奮，換來了經濟上的春天，進而帶動了政治上雖顯遲緩，卻漸甦醒開放的局面。民生樂利，物質上一般人民早由小康跨進衣裘穿錦、食美饌、出有車、居華廈住大屋、四海遨遊的富足精緻生活。大家西裝革履、裙衫鬥豔，紮腿褲與開襠褲已成歷史文物館中陳列的展品了。

可是，且慢！在政治舞臺上正當我們喜見人不分老、中、青，黨不論大小，大家都衣履現代化，文明君子之際，竟然在國會議堂上又有人穿著紮腿褲和開襠褲粉墨出場活動了，寧非怪事！四、五十年前，穿紮腿褲的長者和穿開襠褲的小子是和平共存的，老的含飴弄孫，小的備受呵護寵愛；如今兩者反目，穿紮腿褲的看不慣穿開襠褲的隨時隨地方便，而後者偏要滿處屎尿，且撅起屁股對著前者來。從紮腿開襠到文明現代開放合縫衣裝，脫胎原本不易，現在卻又改著舊時衣，看來，換骨髣髴更其難了！

於是，我不禁納悶了，像「痰盂」那樣的東西，是否也應該從文物歷史館中取出來，仿古設計，大量生產，以應民需，以配合時尚呢？

——一九八八年五月二十七日《中國時報》「人間」副刊

老驥伏櫪望新春

中國人是最擅長搞標語呼口號的，四字五字七字洋洋灑灑，漫天飛舞。我常想其中道理，總覺得不是一二語可以說得清楚透徹。但有一點可以說，中國人的成語，凡是意在其中，讓人看了聽了就覺歡喜舒暢的，無論幾言，都是有一種「大家樂」的味道。換句話說，搞成語的人把「自己」放在「大家」內，這樣說出來就圓渾著實，皆大歡喜了。

因為把個人譜入公眾，所以隨聲呼應，有一種「忘我」的成分。大家聽了，除了覺得歡喜以外，也都並不細加追究。比方說「馬首是瞻」一語，常被從政的人利用，一呼百應，聽的人便也真如馬隊中其他駒騎一般，而「馬首是瞻」了。於是，其他的駒騎便「附驥尾」，萬馬奔騰，仰天長嘯。這「是瞻」的馬首，如果真是如赤兔馬千里單騎，倒也罷了，糟糕的是把億萬人帶入絕路窮途，不但自己馬失前蹄，結果人仰馬翻，大潰大敗。

這種「馬不知臉長」的作風，就是因為自己認為是馬首是瞻使然。還有比這更糟更壞的，就是「指鹿為馬」，或搞「白馬非馬」的文字遊戲，硬要馬上得天下，馬上治江山。這樣一來，國家便遭殃、生民便塗炭了。

單馬總是不好，不如眾馬為佳，是因為這樣太凸顯自己。所以，若不掛單，便與他物配合了使用，比方說：「風馬牛不相及」、「馬馬虎虎」、「馬革裹屍」，這樣便不覺那般寂然。以前在故宮博物院看過一卷為捧君王臭腳製作的手卷，名為〈百駿圖〉，畫了一百隻名駒神駿。這樣的馬一匹已經價值連城，在西方便早已家喻戶曉，豈有集合百隻為一人享樂的？足見中國人喜為萬眾歡騰，其實只是一己受用。搞成語的始作俑者如此，到後來擅打人民牌的政治老手亦莫不如此，將錯就錯，以國家臣民來襯托自己，達到普天同慶的效果。

單馬的成語雖然不好，但對個人對家對國來說，要是每個個人都願承擔「老驥伏櫪」的本旨，默默耕耘，不要搞什麼天花亂墜的招式，一人好百人好千萬人好，不必強找馬首是瞻，因為看走眼的時候並非沒有。

今年是馬年，希望大家都「老驥伏櫪」，本著公理原則，默默向前，不要瞎搞，則幸甚矣！

——一九九〇年一月二十五日《聯合報》副刊

中卷　書齋隨想

愛的圖騰——讀《愛與解構》

今暑收到兩冊贈書。一為余秋雨先生散文集《秋雨散文》，另一為文學與文化觀察文集《愛與解構》。前者因係散文，後者則因內容較為嚴肅，尤其關於「文化觀察」方面，命題迫人，發聵振聾促思，不是可以一目十行用隨意追尋的方式閱讀的。暑假事多，且往來親朋君子甚眾，即使入夜浴罷臥床隨手翻讀，此等硬性讀物也不合適，於是就暫置一旁了。近日稍閒，乃有機瀏覽。一看之下，忽然呼吸急促起來，彷彿花生一包在手，剝而食之，竟是欲罷不能了。

此書作者為臺大文學院外文系教授廖咸浩先生。咸浩於八十年代前期負笈來美，就在我所執教的史丹福大學攻讀高級學位。當時在校就讀的臺大學弟有數位之多，除咸浩外，尚有陳秋坤、陳永發（二君時下供職臺灣中央研究院近代史研究所）及王克文。由於同系之故，我與咸浩的接觸較多。那時，我以癡長若干的臺大學長身分，常邀約諸君子來家周末小敘。飲食之餘，談些家國瑣細及聆聽他們青年一代的知識分子振聲。二陳一廖一王，都不是呆板的讀書型人物，於文化層面問題，殊多運思並發清論。當時系內故友同事高恭億兄，也與諸老弟甚善。恭億且為我早數屆的臺大學長，故「臺大幫」一時成了聚飲高論的酒蟹居常客了。

前言咸浩老弟並非死啃式的高級知識分子，於其所贈大著《愛與解構——當代臺灣文學評論與文學觀察》一書中端倪畢見。此書聯合文學出版社出版（一九九五年），共得三輯。後二輯因偏於文學取材命題，此處不作介說。我只想就第一輯略述管見。十四篇列於卷首，這也可以窺出作者對臺灣文化現象之愛心與重視。在目前的臺灣，各方問題彰顯的情勢下，正本清源，先從大的文化問題著手，對於知識界而言，不啻振聾發聵之舉措。

其實，作者在〈序言〉中就已道出：「我回國以後，臺灣逐漸出現各式各樣『解構』(deconstruct)的論調，大談『中國』乃是虛構的，但其目的卻又往往是要以另一個虛構的論述取而代之。……當時的臺灣統獨戰火已然轉熾。這場幾乎沒有交集的論戰，若以奠基於解構思維的當代文化理論觀之，便能一眼看出雙方共同的盲點：雙方所同樣堅持的『大一統論』與『本質論』不但無助於解決問題，反而誘使思維打成死結。」基於此，作者明晰的說：「因此，我的『解構中國』(deconstructing China)的工作是希望能在無法對話的兩極之間開拓第三種可能性。」所謂「開拓第三種可能性」，就是作者有一種悲天憫人的情懷，他要以醫師的仁慈濟世的愛心，來為患有「白內障」或「青光眼」的統獨兩極人士，解除病痛，重建光明。

就以文學來說，光復前的臺灣作家，也並沒有強要把自己與「中國」一刀切斷的意念。那怎麼到了光復之後，卻顢頇的竟要在原本同源的文化中自動斷奶呢？難道這不是因遭受政治變動的負面影響而作出的荒謬可笑可歎的行為嗎？既云「光復」，在此時此詞的意義既定其具歷史意義之後，所有在臺灣生存的及生存過的每一個個人便都是臺灣人。不要再有那種幼稚狹隘的排他心態了。只有愛，才能使臺灣的文化於步向二十一世紀大改進的歷史途程中，帶動中國文化發展向一個更高更遠更深的境界的契機。

英文deconstruction一詞字首的de，就是離除、否定、減少、降低的意思。在臺灣的知識分子，一心一意締造兩極文化的人，此deconstruction一詞，便是如佛教禪宗大師對參佛未能正心的小和尚們的當頭棒喝。一般民眾盲從，感情強壓理智，恨憎高偏於愛心，而有越軌的言行，這是可以理解的。但是，身為高知的人，卻萬萬不可以捲起袖子脫掉鞋襪下海，在渾水中去撈魚而牟利了。臺灣的亂源，就是有一批文化高知未能認清掌握自己的身分，未能知曉自己的職責所在，一味誤導人民，這是最令人痛心的。作者在其序文中就提到：「從畢業（由美）返國到現在已將十年，但是『外來政權』之說不但仍然不絕於耳，而且似乎於今尤烈。執政者不尊重本土文化理當鳴鼓攻之，但異議分子如果仍然襲用當權者的邏輯，以『本土』、『外來』的二分法繼續排擠邊緣，則臺灣的社會如何能有進步？」是的，作者已經以一個文化人或高級知識分子的身分在大聲疾呼了，為什麼患了嚴重白內障及青光眼的病人，仍愚頑的諱疾忌醫呢？難道想讓所有的人們都患上白內障青光眼，誰都遠近不分了，巨細黑白難辨了，就可以眼不見為淨，心安理得了嗎？

作者咸浩老弟在其第一篇名為〈解構「中國文化」〉的文章中，開宗明義的就說：「中國文化的再生與重建，是當代海內外知識分子虔敬期待的盛事。」因此，他一開始便撻伐「中原沙文主義」，正因為「將中原文化之地位置於各地方文化之上，對文化生機的壓抑尤甚」。他問：「當代中國文化，若扣除各地方文化還剩下什麼？同理，各地方文化的分化與繁衍，若不算是『中國文化』之壯大，算是什麼？」對這樣的答案，一個稍微「正心」的知識分子都肯定會得到正確的回聲了。而這也就是作者所說的：「隨著八十年代中期各種瓦解中心(decentering)以及『反現有權力順序』（如人類/環境、漢人/原住民、男人/女人等）運動的蓬勃展開，『中原/地方』之權力順序也受到了嚴厲的質疑，並且引起了相當熱烈的辯論。只可惜參與辯論者，多半未能擺脫此一權力順序之制約，而各自湧向衛護與否定的兩極。衛護者固然一味堅持中原文化『比你更中國』，否定者也再度墮入『文化霸權』的一元化思考及沙文心態，而競相標榜『比你更不中國』。」

其後，作者在〈誰「發現」了臺灣？〉、〈發現外省人〉、〈解構臺灣——揚棄舊身分觀，創造新臺灣人〉這幾篇文章中，定位的、言情合理的、不厭詳煩的把堅持統獨兩極論的人拉攏，讓他們睜明雙眼，看清問題，拋棄迂腐成見，正視現實。要做到這一點，只有以「愛」（作者說，「不一樣的臺灣人都可以用自己的方式深愛臺灣」）來思考、建設、引發中國文化圈內的波瀾壯闊的文藝復興。

這的確是一本厚實的、有深度、能夠醫療眼光不正患有「盲點」的人的眼疾有效的好書。真理越辯越明，這樣，一個有實質意義的「大臺灣」才會如旭日之出海上建立起來。

——一九九七年十一月十八日《中華日報》「書香文化」版

調製撇手小炒的中國菜

關於寫文章——此處指寫散文而言，我好有一比：就像庖廚手藝，南北中西都無妨，但必然要能表現出色、香、味俱全的大手筆。菜色製出，一定要引人食慾。這不是化學試驗，中看不中吃。所謂手藝，拿寫作來說，無非情與趣的摻和。文筆務求靚暢自然。時下年輕一輩的散文作家，易於忸怩濫情，又愛創作新句法，再塗抹一點輕飄飄的不食人間煙火的空靈色顏，綴上若干自認的哲理，於是乎就製作出一大籃「新文藝拼盤」來。這也就是我所說的中看不中吃的手藝。

小民姊的文章不是這樣。她喜歡紫色，紫色就是小民色。紫色是青赤二色的配合。青主凝莊，但赤（紅色）主鮮暢亮麗。二者調和，凝重而不浮揚，靚麗而不爍眼。我覺得小民姊的文章最好的方面，是她的「中國感」，不像許多時下的年輕散文家，寫中國散文，除了使用中國方塊文字外，已經沒有中國味了。中國味來自對於中國歷史文化的汲取濡染體認，唯有這樣才能發幽光，才能寫出中國散文來。小民姊有一篇寫「旗袍」的文章，她說：「旗袍穿起來落落大方，自少女到老婦，任何年齡都合適。」正是如此。現在的中國年輕女性，大概有很多已經不知旗袍為何物了，她們看的穿的全是洋裝，吃的也都是改良的中餐，或根本就是洋食。除了看中文說中文以外，除了姓名是中國的以外，她們的觀念已經缺少中國文化感了。

我在前面說，寫中國散文最須掌握的是情與趣二者，情與文化歷史有關。有那樣的情，寫出的東西自然溫馨清雅和溫暖。小民姊在〈事非經過不知難〉一文中，就把那種溫暖和氣氛烘托出來：「秋涼以後，氣溫下降。夏天不願碰的毛線活兒……又被請出來放在客廳沙發上。微寒的天氣，室內沙發也換了暖和的墊子，上面擺著毛絨絨的毛線球，及未完工的毛線活兒，視覺上溫暖，感覺上更有家的溫馨。」織毛線，大概時下低於三十歲的中國女性已經非常非常陌生了。要穿羊毛衣就去買五色繽紛花式繁多的成衣，誰有興趣誰有時間去編織？更重要的是，大家認為自己編織的毛衣「土」。土，則正是傳統的中國味兒，一針一線，才見手藝，這大概就是現代新中國女性所未考慮到的了。寫作也一樣，就是像編織毛衣一樣，一針一線，才能織打出絕活兒來。

小民姊在〈家後的花店〉一文中，描繪鮮美的花卉對於佈置家庭的重要。這與前文所提的「情趣」是一脈相承的。她這樣寫：「不管怎樣簡陋的房子，擺上幾棵綠色植物，便顯得富有和尊貴得多。如果再有一株散發典雅清芬的香花，整個屋子更因此變得溫馨可愛，氣氛也更像家啦！」一點也不錯。這樣平常粗淺的生活藝術，時下年輕的中國女性就是缺少。她們佈置家，好像非要來點人為的（洋玩意尤好）東西才是。我在海外的中國朋友家，能有掛出中國書法畫作的已經是上上之家，養花擺草的簡直看不見。有的人家居然擺出塑膠假花假草來，欲嘔還休。

讀書，所謂的精神食糧，也是小民姊文章中提到的重要事。尤其是寫散文的，她認為讀一些詩詞是絕對必要的。誰曰不然？她說（見〈以書為友〉）：「要抽時讀一些好的詩詞，就像和一位淡泊名利的君子交友，無形中你會受他的感染。在物質追求越來越厲害的今天，讀古人詩詞，能令你返璞歸真，布衣飯菜亦知足常樂。」這樣委婉諄厚的筆墨，真是她的苦心。

她在〈臺糖樹〉一文中說：「吃過糖，嘗過甜頭，人們便離不了糖啦！」如果我們用來看視散文，似乎改寫成這樣：「看過好散文，嘗過甜頭，人們便離不開好散文啦！」除了糖以外，鹽也是調味的重要作料。小民姊在〈奇妙的鹽〉一文中，說：「鹽的珍貴，就在它有味兒，和糖一樣。」

真的，小民姊的散文，就像放了適量的糖和鹽一樣的菜式，非常可口，她可能不是烹煮大菜的大廚司，但她絕對是調製撇手小炒的中國菜的高手。

——一九九四年十月十日《中央日報》副刊

民族小英豪

去年，幾位身在加州北部舊金山海灣區各行各業的朋友，基於對中國大陸各省分偏遠地區窮苦兒童教育問題的關切，毅然做出一項令人起敬的壯舉。他們決定成立一個非營業性的基金會，熱心各方籌款，以有限的財力去支助中國各省農村（尤其是邊遠省分）有心向上而志不得伸的窮困兒童，讓他們可以心無牽掛地去接受完整教育。這些朋友，在百忙之中，繁榮猶記來時路，懷著對中華民族的深敬，懷著對於炎黃子孫的無限熱情，做出了這麼暖人心肺的豪舉。當我的朋友把此構想向我表露的時候，我就說：「我由衷地欽佩各位的精神。要是有機會的話，我也願意貢獻一點微薄的心意。除了物質方面，我願意支援你們做一份神聖而有意義的工作。」對方高興地接受了我的誠心，並代表基金會立即任命我為已經錄取的基金會獎學金申請人的「門頭兒」(mentor)。她分派了兩名學生給我，要我寫信給他們，幫助和鼓勵他們，讓他們專心向學。

基金會分配給我的這兩名學生，都是河北省人（大概是考慮我的省籍）。一位是家住冀州市彭村的韓中秋，另一位是家住冀州鎮西沙村的王炳琦。王炳琦的家務農，上有老奶奶、父母，下有一個弟弟。奶奶半身癱瘓，母親有精神病，一家老小五口全靠父親獨力下田操作維持。他家中年收入平均不足兩千人民幣。炳琦和他幼弟的衣物都是朋友接濟的。到了星期天，或是節慶假日，炳琦便帶弟弟出外拾荒，換取微少的收入為母親買藥。

雖如此，炳琦的學科成績一直名列前茅，他對知識的汲取認真飢渴，自習了小學百科全書，多次被評為「三好」（德、智、體）學生，頗具發展潛力。另一位同學韓中秋，家庭也是令人難以相信的貧苦。由於爺爺及父親的病體，母親獨力操勞，營養不良，身體日虧，也須舉債服藥。中秋每日下學後，還要帶領妹妹去放羊、餵兔子。雖然如此，他的學業成績也名列前茅。

我自小背井離鄉，在抗日硝煙烽火中隨家漂泊流浪。雖說當時的生活環境不若韓、王二位同學的那麼艱困，但風雨苦境卻早已身受。當我藉文字書信和韓、王兩位同學建立起管道之後，屢以過來人的身分，大力描述中國歷史上困學而出人頭地的人物故事，以及個人的戰亂經驗，並特別提到義丐武訓興學成功，人窮而志不短的大無畏精神，要他們務必培養自己一種宅心仁厚、扶弱濟貧的寬廣心胸。這樣的少年，才是中國日後的棟樑。

樹華基金會同仁的熱心可感，而他們最令人肅然起敬的方面，是他們不求聞達、默默奉獻、不計名利的深厚民族情誼及見識。他們捨棄了對於大城市中兒童的照顧，遠赴僻鄉農村，關懷這些在艱苦中成長的幼苗，單純而誠懇。我以一個棲身域外年過花甲的老人，能有機會參與這樣的工作，感到興奮與自豪。

我幼小時學會的一首歌中有這樣幾句：「年紀小，志氣高。身體強，本領好。我們是在炮火下長大，我們要做民族的小英豪。」中華民族在成長，中國在強大，這些可愛的幼苗，他們無須「在炮火中長大」，但是在貧苦中長大。接受苦難，通過苦難，終會成為人上人的。

我祝福他們。

——一九九七年九月二十日美國《世界日報》副刊

病之今昔

幼時所見最恐懼最嚴重的疾病怕要算肺癆了。斯時有人不幸患上此疾，除了讓人感覺可怖之外，連患染此病的本人都覺得是奇恥大辱，有一種難言的心理懺欠。此病在文明電影及舞臺劇上都常有令人遺憾且不舒爽之鏡頭。通常是大少爺大小姐染病，始則面色蒼白，行動弱緩，不時間有咳嗽，中氣虛極。到了中期，則臥榻呻吟，進食極少，身體羸瘦。挨到晚期，人已變形，如同枯骨，連咳咯血。患者最後多以「我不行了！不——行——了」的微孱聲音向親友、家人及觀眾告別，閉目長恨以終。

戰後到臺灣，倖免肺癆鬼之侵害，然偶亦聽聞及見有患此病者。不過不似兒時認係絕症，可住院療養，故在鬼門走上一遭病體康復出院者亦不乏人。病後之人，體容朗皙，笑容可掬，且多發福，神色殊令人羨。我當初便有何不感染肺病，可免於功課煎熬，又得父母言辭溫藹，加上吃食特殊，自認乃是世上有福之人的狂想。

除了肺癆之外，當時連傷風感冒都是大患。那時受教育人士家中多半有「體溫計」那樣的東西。一早喉痛發燒，加上微咳，母親必然過來把體溫計插放在舌頭底下，用濕手巾為我拭擦額角嘴唇，用她溫厚的手撫摸我的雙頰，並為我順順覆在額前的頭髮。父親必會於此時以毛筆書寫假條，交大哥帶去學校，呈給我的級任導師。母親對我的飲食最為注意，買了有限的水果來，不准大哥及弟弟分享，親手削皮餵給我吃。同時，也會買來蒸糕或小芝麻餅一類的食品，供我享用。那般的得天獨厚，覺得傷風感冒真好，真是無上福恩。

幼時常見的另一病痛是瘧疾，俗稱「打擺子」。我自己雖無此病之苦纏，但父親友輩中及同學患有此病者頗不乏人。患者時熱時冷，無症狀時則一如常人。病發時痛苦之極，大太陽下冷得渾身發抖。中國術語說「病痛」，這不能算病，但痛苦(suffering)則甚是，只可稱之為症。

時在今日，上邊述說的病症已不多見。肺癆在美國尤可稱之為絕跡。數年前我患腦膜炎症，醫生會診，均以為這是癌症作怪，但經仔細檢查，並無癌症，又斷不出病因，於是束手。虧得朋友一位醫生友人（華僑）斷為「肺結核菌感染腦膜炎症」，藥到病除。我的美籍醫生們咸認不可思議，詢之友人的這位華僑醫生何以獨斷獨行，如此高明？該醫師笑稱：「病人是中國人，我也係中國人。中國人看中國人，自有中國人特有的感覺。以莊教授的年齡，我認為他當年在中國必曾受肺病感染，然經接種卡介苗後，細菌潛伏，如今突出攻入腦部，故而引發腦膜炎症。」可見我雖未曾患過肺癆病，但此次腦膜炎卻拜肺結核菌所賜。當年夢想患肺病享福不果，如今被結核菌開了一場玩笑，算得上極是禮遇了。

　　今時我兒時所常見疾病雖不見了，但傷風感冒一仍既往，只是成藥多如江海，已經不能算是大患了。一般人都有無醫自通的本領，照食照睡照工作，簡直不值一談。文明進步，生活上起了大變，但傷風感冒藥奪走了父母的愛則不假。不過，自己浪身江海，棲遲異邦，母親大人九十高壽雖健在，但臺美之間，關山萬里，母親的手再也撫不到我的額角了。

　　今日之病痛，常見者有高血壓、心臟病、糖尿病及癌症，前二者多為生活引起，飲食工作大概都有直接影響。心臟病與情緒絕對有關，而情緒與工作環境又有牽涉。我雖非習醫，但憑常識有此看法。糖尿病俗稱富貴病，生活太舒適完美，飲食越精緻，則罹患此病比例越大。而癌症我認為是對人類最大嘲諷，越改良生活，越要提高生活品質和物質面，則患此絕症的人越多。以上諸種病症，都在身體上為害，患者難免受肌膚之痛。其實，當今尚有一種流行症狀，殘毒人心，雖不似癌症之令人談之色變，卻深入人心，其不被凌辱者幾希！我名之為「感覺發燒症」。此病不會令你輾轉床笫，也不會令你不良於行，更不會令你一病不起。但它肯定會令你不能剋抑。一旦染上，神神經經，總以為自己不行。此症的細菌就是「錢」與「利」。中國大陸謂之「向錢（前）看」，是也。患此病的人的症狀則是患得患失，蠅蠅苟苟，一心一意隨孔方兄玩弄於股掌之上。攻讀博士學位是一種此類症候，一心要開賓士汽車也是此類症候。患此症者，心勞日絀，俗不可耐。錢菌利菌不但令患者心臟變形，慢慢地令患者顏面也改觀了。

——一九九六年十二月十三日《中央日報》副刊

歲暮二三事

一九九〇年，這九十年代初始的一年又要過去了。值此歲暮，加以今年冬日冷得厲害，而且自己在去年大病一場之後，難免徒興急景殘年的感受。今年冷的程度，據氣象所的權威報導，此間寒意已經破了百年來同期的紀錄了。市區未見雪，但空氣冷得凶，自來水管子就有多處被凍破以致水流到處。據稱，凡無家可歸而路有凍死骨者亦夜有數起。我在電視新聞上所見無家可歸之人，並非如我在抗日戰爭期中所見那般面容憔槁、衣履襤褸。我自忖有不少是「自願」如此，離家出走的，完全不像我當年所見棄井離鄉，家破人亡的悲慘，那是出於無可奈何的情形，絕非自願。

不管怎樣，在九十年代戰後的美國——這個多少國家人民翹首佇望的地方，居然有「凍死骨」，就不能不讓人唏噓感慨了。特別是在加州北部，這當年多少人為滿足淘金美夢不遠千里而來的地方，竟然如此這般，委實令人意不能平。而我特別感覺意不能平的是，前幾日在中文報紙上讀了香港名作家編輯人胡菊人先生的一篇文章，名為〈國家厭惡症〉之後所引起的難抑悲哀。該文一開頭便說：「中國人當中已出現一種新症候，大陸和海外都有人染上了，應該說大陸上的人更多。這種病症無以名之，可以叫做『國家厭惡症』。這種症候比所謂『政治冷感』要嚴重得多。冷感是完全對政府不關心，不理會而已，還沒有對這個國家一切都厭聽厭聞的地步。現在有些人，一聽到『熱愛中國』、『我的祖國』之類的話，就覺得討厭，根本不願談、不願聽、不願理。哀莫大於心死，這是對國家絕望的表現。大陸上有許多人，這是我聽到港臺的朋友到大陸旅遊之後出來的說法，恨不得一把火統統把國家燒掉了，一把炸藥把一切都炸毀。」試想，一個生於斯長於斯的人，「恨不得一把火統統把國家燒掉了，一把炸藥把一切都炸毀。」如果不是到了痛不欲生的地步，而且到了不願意再想到看到後代人仍會忍隱這般痛苦，因之想到「吾與汝偕亡」，是不可能有這樣沈痛的表現的。

六年前，我曾發表一篇題為〈雙城記〉的文章，提到一位朋友，對於舊金山中國城的殘敗與日本城的異軍突起，曾經發出偏激氣急敗壞的吼聲：「日本人統治臺灣五十年，不是很好麼？日本人規定的要求的都做到了；香港割讓，英國人要求規定的中國人也做到了。就連新加坡的中國人，在李光耀雷厲風行建樹優良社會風氣的措施下，不是也變得相當文明麼？中國人難道非得在異族或高壓統治下才能發揮自我愛惜的覺悟嗎？如果是這樣，我建議中國政府乾脆把各省分租給英、美、德、日、法諸現代文明進步的國家，由他們治理，中國政府坐收租金算了。」這情況與胡菊人先生文中提到的不同，因為「中國城」在美國聯邦旗幟下，只要中國人爭氣，仍是有可為的。但是，在中國大陸，除非推翻共產黨政權，人民已經走投無路了。胡先生的文章中也提到這點，他說：「有些大陸青年說得更激憤，當年日本仔打勝仗、占領中國到現在就好了。什麼人來占領都比現在好。」這話看來是令人泫然泣下的。胡文更說：「當然，這是國家自己造成的，是治理這個國家的政權所造成的。」說得對，但是，糟糕的是他所說的下面一句話：「但患了嚴重國家厭惡症的人是不願意再分清楚國家、政權、文化等等之不同。」於是乎我就想到，為什麼許多負笈來美的中國人說什麼都不願重返神州了。這些人我原來尚以為是患了政治冷感症，而今看了胡菊人先生的大文，才明白他們實際上是先知先覺，老早就患了「國家厭惡症」了。悲夫！

•

放寒假在家，難得輕鬆，把妻自錄影帶店租來的影帶數卷一一觀賞。其中三卷都是描寫目下中共政權令人氣急敗壞窒息難抑的故事。一是今年金馬獎獲獎影片《客途秋恨》。老爺爺奶奶終因「愛國」拋離不屬中國的香港，而於六十年代回到了「祖國」，但在最後孫女（張曼玉飾）回廣州去探望他們時的孤哀無助，全劇在爺爺的沈睡去後，她淌下無聲的淚水而告終。

苦難的中國啊！那麼多淳良的中國人那麼刻骨銘心地愛著你，為什麼一小撮的投機分子連這點人民的心也給剖食了呢？二是臺北中視劇場的《過客》，描寫大陸福建的貧民，利用臺灣親人偷渡去臺，為賺錢求得生活的故事。小伙子在臺灣碰到了他未婚妻的女友，因偷渡去臺無法得到相當的工作，而淪為娼妓。小伙子與母親（陳燕燕飾）在臨行時跪拜列祖列宗時說：「我一定不會讓你失望。一定要買一架特大的彩電讓你看個過癮。」而母親就在把家中唯一可寄以厚望的兩條豬及手上的鐲子賣了，湊足路費讓兒子用為偷渡資，燃香叩拜祖宗時說：「求列祖列宗保祐，保祐我兒（唯一的兒子）此去臺灣，早去早回。」淚眼相望，生死不知，這種「哀莫大於心死」的母愛，為了讓兒子有錢娶一房媳婦，甘斷家財，放子渡海偷生，其情其景真令人鼻酸。三為香港電影，名為《表姊再見》，是描寫大陸一女公安人員押解囚犯到香港接受偵訊，遇到香港少年英俊警探的故事。電影藝術水平很低，較之前述更是不及，但故事笑中帶淚，譏諷大陸中共政治違反人性民意的措施令人擊掌。

胡菊人先生在他前述的短文中最後一句話最令人不知如何作答，發人深省：「中共如此統治下去，怎麼得了！」我們知道，中共駐外使領館人員或國家派往國外各團體，經常有人冒險「脫走」，這就不言而喻了。

去年香港出版的《九十年代》雜誌上，刊了名作家施叔青的系列有關中國藝術品的文章。其中一篇寫中國各地人民偷墳盜墓，公然盜賣博物館中民族藝術品的劣行惡跡，真是讓人看了氣憤中飽含憂歎。一個政權使得人民不計廉恥，只為求得生活上較好的品級，居然以身試法，無惡不做，喪盡天良，夫復何言。我幼時值中日戰爭，民生苦困，但是無論如何，人民的日子過得有尊嚴，所謂「頭可斷而志不可短」。而今中國大陸上的政權竟逼迫人做出「喪失自尊」的行為，我們不必談什麼政治上的大道理，單從一般人民都能接受的文化尺度來看，這種摧殘中國固有文化的政權，確實是不能見容的。俗話說，「窮要窮得硬朗」，而人民的所作所為，如果慢慢地拋棄了這個基本的原則，那就太可怕了。

——一九九一年一月二十六日美國《世界日報》副刊

間

母親節前一天看臺灣電視新聞，報導臺灣戶籍中具有最高生育紀錄的媽媽，共得十數胎，真可謂歎為觀止。在此項新聞報導末尾，好事的記者又畫蛇添足加了一點專業補充，說：「世界上生育最多的女性（母親），共得四十六胎。」推算之下，該保持世界紀錄的產婦，料在荳蔻年華便已適人，從一個teenager，每年一胎，直生育到半百以上歲齡，到了理應享受子女奉養的年紀，卻仍在孜孜哺育後代，雖云其志可嘉，但也頗驚人駭俗。蓋為創紀錄，竟把肉身當成了機器，咨爾多士，似乎有點令人不安了。如此一氣呵成，畢生辛勞，我認為倒不妨用在其他方面。比方說，重質不重量，為國為家，造就出一二完人，則庶幾乎大佳矣。生兒育女，不當視若生了就算，多多益善。如果用現代的新觀念來看，那就似乎有些不負責任了。

此事存滯心中數日，今又觀臺灣電視新聞，報導行政院內閣總辭，各部會首長中之交通部長劉兆玄先生，表示去意甚堅，不擬續任。他說這把部長的椅子自己坐了三年有餘，應該讓給新人了。彷彿接力，不能一棒有始有終直奔終點。他未說出來的意思是，劉部長想要「間」

一下了。他這種對於為官者不必勢必「間不容息」的志意，太值得鼓掌叫好了。劉先生於任交通部長前，身為清華大學校長，正是學而優則仕的典型。也就因他仕途高瞻遠矚，對人生藝術哲學洞曉精深，知道「退」的高妙，知道「間」的重要。一步登天，畢竟不穩。戀棧不捨，最後可能仰天太息。退一步海闊天空，此之謂也。

拋開政事不論，即以夫妻關係來說，你儂我儂固為外人稱羨，但兩口子之間，也並不真的需要「如膠似漆」般「剪不斷，理還亂」形影不離，亦步亦趨。內子就曾是發起此間之「母雞會」的大老。所謂母雞會者，意即有夫之婦，或曾為人婦者的非定期聚會，公雞一蓋謝絕。我認為成效彰彰，由一群母雞嘰嘰咕咕，而後容光煥發歸家製羹湯，相夫教子，彷彿注射了強心針一樣的精神抖擻。此中大妙之處，即在得一「間」字。間者，間隔也，保持距離以策安全之謂也。這種有意的「間」，不若怠忽的「一曝十寒」，那是間得太過了。俗云「偶一為之」，間或如此這般，是乃上上之籤。我之所以未倡議組織「公雞會」，在於滯番已久，深知「大男人主義」之引起非議，故而欲擒故縱，很識相的收斂了。所謂「讓」，就是以退為進，間他一下，自得其樂，無往不利。

俗云「合作無間」，英文說是in a common effort，這是共事的基本原則；夫妻欲齊白頭，也是一樣，這是原則。但我在前面說的「間」，那是方法，是讓白頭更白頭，你儂我儂的絕妙之計。俗語說「睜一隻眼閉一隻眼」，妙處就在一睜一閉。間！

交友亦然。俗有「酒肉朋友」，這沒有什麼不好。問題是你得有讓朋友中只可供酒肉之樂的朋友，有足以躊躇滿志的感受。莎士比亞固好固高固清，但你不能總跟朋友高談闊論莎翁；你也不能成天吃山珍海味，餐前漱口，偶爾也需要吃狗腿、大碗喝酒、大聲嘯吼直娘賊的花和尚魯智深。酒肉朋友不必深交，有他個把亦足矣。最重要的是，莫讓他（們）破壞了你與莫逆之交間的情誼。說到吃，言說吃到七分適可而止，有「間」勿「滿」，保證永固食慾，享口福終生。喝酒亦然。杯中物固好，微醺為高，喝得短了舌頭長了話，支離破碎，嘔吐狼藉，那就是不懂飲事中「間」的妙處。「滿招損，謙受益」，謙者，間也。這是一種大藝術。

好的文章亦是如此。徐疾剛柔輕重互濟。中西佳曲綸音，不也這般的麼？你聽〈十面埋伏〉的琵琶，如果通首曲子鏗鏘懾人心魄，那就糟了。我常臆想白樂天在潯陽江頭夜聞琵琶的韻事，如果彈琵琶的「移船相近邀相見」的女人，彈不出「大絃嘈嘈如急雨，小絃切切如私語；嘈嘈切切錯雜彈，大珠小珠落玉盤。間關鶯語花底滑，幽咽泉流水下灘。水泉冷澀絃凝絕，凝絕不通聲漸歇。別有幽愁暗恨生，此時無聲勝有聲。銀瓶乍破水漿迸，鐵騎突出刀槍鳴」的絕活來，白樂天也就不會在〈琵琶行〉的長詩篇尾寫出「江州司馬青衫濕」的句子了。同樣的，貝多芬氏的《田園交響樂》，如果沒有描寫狂風暴雨的震撼，也就顯不出雨過民歡的悠揚喜悅。有濃眉大眼的美女，配上了小蠻腰，才硬是動人，就是這個道理。

——一九九六年五月三十一日《中央日報》副刊

尼羅河百合與拖把花

我家前院簷下臨窗和後院沿牆籬的地方，都種栽了一排「拖把花」。這名字欠雅，尤其是用給了相當有韻味的這種花，簡直是跡近污衊難堪了。其實，這花是有聽起來頗為高雅的名字的——尼羅河百合(Nile lily)。可是，我總覺得這中譯的花名十分繞口，也洋氣十足，於是就給華化了。

華化並無不妥不可。比方說自來水、鉛筆、冰淇淋、迷你裙、口紅或唇膏、飛機等等，都可圈可點。至於我如何竟把此花華化成拖把，連自己都覺詫異。我的靈感實則得自此花絢爛已去凋零殘敗的時際。原來一枝枝（約三、四尺長）翹傲獨秀體如柚子般大小，狀似繡球的淡紫或純白小百合聚成的簇花，當結筴鬆垂的晚景，看上去便跟拖把一樣了。我的譯名重在寫實，感覺上不爽悅，還是受了「名」的作祟的。

以「尼羅河百合」為名，五個方塊字疊用的確稍嫌累贅了一點。也許換成「埃及百合」更好，連出處和狀物都有了，又兼具中國味的雅致，兼也符合信、達、雅譯事三要。問題是，我也竟遽爾聯想起古埃及尼羅豔后克莉歐白翠雅(Cleopatra)來。這位紀元前三十餘年的一代女皇，正逢羅馬大帝國勢如中天的時候，地處北非的小郡國之君，不能力拚，只有以自己的美色先後馴服了猛獸般的羅馬強人凱撒和安東尼奧，換取了臣民短暫偏安歲月，而終於被不吃軟飯的鄂克塔維安(Octavian)所迫自殺亡國，埃及變成了羅馬帝國的一省。

這個歷史故事有濃熾的英雄美人浪漫情愛，也有冷酷的辛酸和悲痛。若以花名來說，「尼羅河百合」或「埃及百合」也許會令人想到當年一代天香的女皇的浪漫愛情故事，而「拖把花」則不禁引起我們淒涼滄桑的感懷了。

其實，事件的發生就跟宇宙間電光石火一般，終而消失於空無的。名乃人所創、所予。一旦成立，我們就會對某一特定的人、物、事牽附上感情，甚至於產生價值觀的判斷。如此，原本是江上清風山間明月的逍遙浪漫、自生自滅的世間相，忽然都因「寵」而「驚」，令人不安起來。要是世間本無名的話，萬古流芳美名存，遺臭萬年人唾棄都顯得不重要了，還說什麼你的我的？是與非、善與惡、喜與悲、美與醜、愛與憎，都似滄海一粟，從開始便無須計較的了。這一切就如同蘇東坡〈赤壁賦〉中說的「自其變者而觀之則天地曾不能以一瞬，自其不變者而觀之則物與我皆無盡也」那種一以貫之的恆道一樣。

這樣看來，我們當注意的實係現象本身，捨此無他。尼羅河百合也罷，拖把花也罷，並沒有特定意義，談不上典雅與否。至於興起了克莉歐白翠雅的聯想一事來，似也不必。要是再牽涉上褒姒王嬙、岳飛秦檜、司馬遷史可法來，就更其與旨無關，純屬多餘了。

說起「名」，中國人恐怕是世間最重名的一個民族。單以人名而言，與日月爭輝、和天地共存，立德、立功、立言，興邦、齊家、振業……等等等等，全都囊括無遺。也就因此，常有名實不符的人物出現，諸如毛延壽、魏忠賢之流，不勝枚舉，真可謂「盛名之累」。至於巧立名目，幹盡勾當，更是我族大本領。那麼，粉飾太平便屬小技，簡直微不足道了。

——一九八七年十月二日《中華日報》副刊

大話小說

有客自臺灣來。打算把已經給出去了的周末討回來，以便略盡地主之誼，好讓客人著實稱快一番。未料原已掌握了通盤大計的朋友慨然將我失去了的又還給了我，反弄得自己進退兩難，有些卻之不恭的感激與感愧了。

人在金山，對接待初來乍到的朋友，不論生熟，根據友人某君的說法，有「大三套」及「小三套」兩種基本方案。前者是遠離塵囂，重返自然：北去紅木林，東奔太和湖，南走蒙特萊半島十七哩灣，都山水佳勝、清幽林茂之地；後者乃就地取材，全在金山市內，亦得三處：金門大橋濱海留影、漁人港品嚐海鮮、華埠漫步後唐餐朵頤，也許再加上一個附近百老滙街不太傷大雅的消遣餘興。小大由之，主隨客便。可萬萬沒有料到我這位朋友竟然大小兩免，只要求在附近「胡亂看看」算了。胡亂也者，本無初衷目的，說得客氣些是給主人一個面子，免得「招待不周」；說得粗硬些，那無非是意味著，一動不如一靜，乾脆在家裡晾了鞋拉開嗓門，天馬行空，數盡中外古今不平事。我友直人，誼逾爾汝，我微笑會意。於是，就一下子不知為何把他帶到酒蟹居附近的菜市場去了。

何以出此「下策」，倒不是早有預謀，大約是下意識要去備辦些菜蔬瓜果之類以為長夜飲談助興之用罷。

美國的菜市場，隨著戰後經濟的蓬勃和人民生活素質的不斷提升，老早就「大」化了。先是由露天街頭巷尾而入室，再由陋室而遷大屋巨廈；配合上科技的發展，管理系統化、作業電子化、機器化、商品多樣化，從有限的飲食類擴充到家庭日用各方面的器材及用品、報刊雜誌等，可以說是「一應俱全」了。美國人生活富裕的結果，造成了生活意識的鬆大化：四肢發達，虎背熊腰，豪乳肥臀，腦滿腸肥。樂呵呵、胖嘟嘟，圓手圓腳圓臉，每個人看來都像小嬰孩。他們本來就地大物博，再加上科學的助勢，於是乎一切都「大」將起來。漸漸地，他們習慣於此種既大且滿的環境及環境中的一切，「小」字遂在他們日常語彙中被排擠出去，逐漸消失了。每個人都變成鬆鬆大大的一團棉花球，每天浸享在由一大杯牛奶、大塊牛肉、大碗冰淇淋、大罐啤酒和大塊甜糕混成的特種營養劑裡，美滿生活就跟汽球一般飛升起來，於是乎美國「遺世而獨立」，美國人成了天之驕子，他們的「優越」(super)之感來了。再配合上科學的突進而征服了月球，對於「超人」的信心更其強烈濃厚了，他們漸然覺得美國人似乎就是超人了，美國就是「超級巨霸」(super power)了。連美國人愛之入骨的職業足球隊每年全國冠亞軍一箭定天下的一役，也名之為「超技大賽」(super bowl)了；一年一度的棒球冠亞軍賽居然名之為「世界盃」了；當然，菜市場(market)終於也易名為「超級市場」(super market)了。總之，「超越」的觀念超越了一切。

「超」的意識是建立在「大」之上的，不能自「小」而「大躍進」而至大而超越之。因此，試從「大」說起。

美國佬對於「大」的偏愛，可以在許多事物與現象上得到印證。在七十年代世界能源危機發生以前，美國佬對於國產轎車的大小，其術語是full-size及compact，「大」、「小」這樣的詞是不用的。他們喜歡大車，反正燃料便宜又便宜，方方正正笨頭笨腦的大型轎車四處流竄，難怪對於當時進口的日本小車譏之為「火柴盒」、德製volkswagen 被戲稱做「小甲蟲」(bugs)了。不用「大」、「小」這樣的字，是如果用「大」，則必然意指「小」身藏某處的存在，而這「小」是美國佬深惡痛絕、無法忍受的東西。他們太不習慣那個字了，太看它不順眼了，太想一腳把它從生活中踢掉了，太想用他們的大拳頭把它捶扁砸爛，而後拋進太平洋了。也就是由於美國佬對於「小」的概念有著跡近不能寬忍的鄙視與憎惡，所以在「大」上面大肆渲染，大作文章了。譬如說，你到市場去買雞蛋，要小號的，卻百尋不得。售蛋處有三種不同大小號的蛋，分別標著「特大號」、「大號」及「中號」，沒有小號。其實，小號不是沒有，是給標成「中號」，升級了。自從世界經濟不景氣的狂浪襲擊美國之後，美國佬百般無奈、忍淚吞聲接受「小」的復活了。日本的小車，曾幾何時是取笑的對象，一下子變成了搶手貨，美國的大汽車公司也緊跟著造小車子。但是他們仍舊在「蛋」上頭耍大臉。

美國佬的好大，還可以在其他方面看出來。我們稱之為「小學」者，他們說primary school，意即「初級學校」，似與大小無關。我們稱之為「中學」者，他們卻不喜歡middle school一名，好大喜功的一律稱為high school（高級學校），僅以junior及senior來細分初中高中。其實，從小學一年級到高中最後一年十二年的基礎國民教育，他們下意識上就從一年級到十二年級一以貫之，根本把什麼大、中、小全打散了都打掉了。

「人往高處走」的這種一貫作風，是很值得欣慶的一種向上作為，並無不是。即使是在表現上有時難免過火，令人覺得稍顯刺眼，甚或不悅，然而站在「本位」的立場來看，那不過是值得自我陶醉、值得驕傲的誇大罷了。這樣的誇大是不傷大雅的，因為是有本錢的。這跟死皮賴臉、恬不知恥、瞪著眼睛吹的誇大是全然有別的。這樣的誇大是積極的，是充實的，是令人精神煥發、胸臆飽滿的。說起來，中國在歷史上又何嘗沒有過如此令人揚眉吐氣的光輝燦爛時代？漢、唐、宋、明、清，不是都把一頂「大」帽子扣戴在自己頭上的麼？我們曾經是泱泱大國啊！之所以「大」，固然由於疆域遼闊的事實，實際上卻是以文化勝的。疆域大、人口多、物質豐、文化高、國勢強，「大」是這些因素混合成的高度優越感，用來逼退蠻、夷、番、狄的大成，是可以理直氣壯仰天長嘯的磅礴大氣，發自每一個中華兒女的丹田，充沛胸中，奪腔出喉而蔚成的蒼蒼白雲，迎繞五嶽，浩蕩神州。今天，如果我們對於美國佬的自大誇大感受到不安，甚至於憎厭他們的驕矜跋扈，那也正反映了我們（中國）在落日餘暉下的淒涼孤弱罷了，英雄氣短罷了。何以故？我們缺少了那種毫無負擔言「大」的本錢了。我們只是「第三世界」的一員了，充其量混到自己往臉上貼金充當了第三世界的「老大哥」而已了。我們（中國）倘若還要言大，只能搬出歷史，細說往事，借歷史的屍來還昔日風光的大漢魂罷了。

那麼，言大的本錢是否勢須具有地大、物博、民多的條件呢？在歷史上容或如此，時在今日，答案卻不一定是肯定的了。我們中國，地不可謂不大，物不可謂不博，出產不可謂不豐，人之多甲冠寰宇，更是不待言說了。然則我們能自詡為「大」嗎？

日本如何？這個過去——也許今日仍如此——一直被我們鄙視為「小日本」的島國，今天卻是一個絕好的並無本錢而實際上卻本錢十足的「小中見大」的例子。四個小島拼湊成的一條小蠶，體積日長，終有一天要變成太平洋裡像原始恐龍那般的「蠶怪」(monster)了，吐出的絲幾可以把世界罩在她的繭囊裡。當今之世，除了美國以外，東洋鬼子已經沒有經濟假想敵了。這不是誇大，汽車、鋼鐵、照相機、收音機、錄音機、錄影機、電視、手錶……他們已經一樣一樣的從歐美手中奪過去了。他們不要整軍，一旦整起軍來卻是令舉世緊張的。小日本的目標，是要在先進科技上工業上一舉擊敗美國，奪去金牌。四十年前倒縮在扶桑原子塵埃漫散廢墟中的民族，今天已經站了起來，日本人的自大感又恢復了。他們自美國佬觀光客手中接過那面「醜陋的美國人」隊旗，把星條改成大紅的太陽，笑咪咪地、神采飛揚地，穿著整套三件頭的西服，甘願浸享在「醜陋的日本人」那句「外來語」帶給他們的優越感中，反倒譏笑別人的酸性心理了。

我們中國呢？

可能我們的列祖列宗留下的這塊大好河山反害了後代。俗語說得好，敗家子總是坐吃山空的。不，不但坐吃，還要作踐糟蹋。「大躍進」反倒是大後退，文化大革命弄得文化大斷腸！我們「好」大、「言」大、「夢」大但不「實」大。打腫臉充胖子，要強搞什麼人類史上第一個真共產社會，現在只剩下一個落後貧弱的大架子，只想達到在公元二〇〇〇年時的「小康」便於願已足了。

好好的跟人家學學罷！連人家「超級巨霸」的美國都跟日本學樣哩！由小而大，一點一滴的來，不能再糟蹋下去了。趕緊在制度上脫胎換骨，大換血，早一天真正能再把「大」字冠在中國的頭上而不覺臉紅，那我們就可以慢慢坐大了，完全理直氣壯地高唱「我所愛的大中華」，就像美國佬站在星條旗下這塊沃土上，毫無負擔唱出America the beautiful那樣了！我要看十億中國人也都四肢發達、虎背熊腰、豪乳肥臀，樂呵呵、胖嘟嘟、圓手圓腳圓臉，像個可愛的大小孩！我等著有那麼一天，說「大」話而不臉紅的一天。

——一九八三年十一月《益世月刊》

衣履篇

上篇

過去人說窮，總難免在衣、食二事上大做文章。「捉襟見肘」、「衣不蔽體」便屬前者；「三餐不繼」、「無米為炊」可歸後類。其實，在「生存」的焦點上，食之重於衣是不言可喻的。乞丐所求，無非討一口飯吃，如果有施主賜衣，恐怕是緩不濟急的意外。我小時乞丐之多，真的四處皆是。乞兒很多是赤身托著破碗討食，即使有羞辱之心，也都被強烈的生之慾所排棄掉了。因此，所謂的「捉襟見肘」和「衣不蔽體」的形容，則是落魄士人的誇其詞罷了。陶淵明乞食，「叩門拙言辭」，但主人解其意，餉以酒飯，使五柳先生感激得要「冥報以相貽」。蘇東坡說他「至欲以冥謝主人，此大類丐者口頰也，哀哉哀哉」，雖如此，這樣的士之窮，當未到「不蔽體」的乞兒景況，即是一例。

時至今日，不管真窮也好，假窮也罷，那樣的用以狀窮的四字成語，恐怕就難辭言不及意的陳腔濫調之譏了。雖說今天中國大陸的經濟情況仍是落後，人民生活水平不若臺灣之「搏扶搖而上者九萬里」，說那樣的話，也是不合時宜的。「捉襟見肘」一說，今人用來，不過是描寫經濟上的一時窘迫，泰半是由於缺乏經濟頭腦，理財無方導致的結果，這跟穿磨破了袖管沒錢買新衣的基本意思談不上關係。不僅如此，自六十年代美國青年反戰反傳統情結發展出來的衣著時尚，在新衣兩袖肘彎處加上兩塊補綴，還是至今仍未見衰的款式呢。至於負責款式設計的人，當年是否從我們這四字箴言得到靈感，無意中成為中為西用的妙配，就不得而知了。

我成長的時代不是一個豐衣足食的時代。從三十年代抗戰的大陸到五十年代克難的臺灣，大約可以「溫飽」二字概括，不算違心。基於此，在實際生活中，甚或在觀念上，趕時髦的作為是沒有的。當初乍見兩袖加補綴的流行上衣，竟暗自神傷起來，忽然跌進殘陽如血的少時艱難歲月去，何忍再披新憶往，就望望然而去了。

從前東西得來匪易，珍惜之情因而特濃。即使在物質條件相當進展了以後，也仍未被喜新厭舊的現實所荼染。喜新厭舊其實並無不是，我的意思乃指物質方面而言。科學的昌明帶動我們生活實質上有如物換星移，日日新貌，要是在經濟消費上頭腦滯留不前，勢將引起大亂。那麼，似乎可以這麼說，要是一個社會在經濟行為上喜新厭舊的人越多，則越可證明這個社會物質條件的優越，值得驕傲慶幸。然則，對於生於憂患的我而言，究竟不似時下大多數人，缺少一向在經濟富足環境下雨露滋潤茁壯成長的那一份瀟灑。說得具體一些，就是對於物的喜新厭舊意識的執著，仍未能因現代經濟觀而作出適度調整，這便有了阿Q覺得很氣苦的況味。

早先（戰時）穿衣，不是到了穿破而後止；而是到了補上加補，補又破了，補不勝補，無可再補而後止。及至初到臺灣的克難時期，稍有改觀，進步到穿破而後止，不須補綴了。那時對新物的癡盼，真是「天長地久有時盡，此恨綿綿無絕期」的。而今呢？時過境遷了，個人經濟條件大好了，可是憂患意識卻在我心中發生了後遺作用，戀舊之情，依依難去。我的衣櫃裡有許多人造纖維產品，洗不壞、拽不破，千錘百鍊，情堅若石，十數年如一日。穿得我死去活來，彷彿面對糟糠，棄之何忍，險些做了恩斷情絕、不仁不義之人。穿衣穿到了這般浪漫地步，確乎是始料未及的。

說到浪漫，倒是令我忽生今昔之慼了。瀏覽我們的華夏服飾歷史，可以見出古人和今人穿衣的最大不同，在於式與色兩方面。

先說服式。自春秋戰國以至秦代，上層社會的男子，都是寬袍大袖，短衣緊袖的打扮只及奴隸僕從。古代婦女的衣著若與男人相較，就顯得差異甚大了。大體來說，衣袖緊窄，長衣繞襟盤旋而下，自大襟至脅向後盤繞，有時至背部而直下，有時再迴繞向前。這種樣式，起於戰國，經兩漢而結束於晉，跟現在印度女人的衣服基本上極為肖似，浪漫而復有一份引人的神祕美感。印度女裝，上衣皆短袖，緊抱膀端而玉臂裸裎，益增活潑明朗的氣氛，這是中國世代女裝所欠缺的。其實，中國歷史上也有短袖女裝的，不過已經到了初唐了。基本款式是無領（或翻領）、對襟（或套頭），長可及腰，袖與肘齊。雖僅露出小臂如藕，然酥胸微現，仍是十分媚俏動人。比起先秦兩漢魏晉深裹密裹的式樣，不但足證在觀念上的開放，而且在審美經驗上著眼，也是一種突破進步。所可惜的，穿著這等服式的女子限於宮女，在上層社會，女兒身多少仍被虛偽的道德假象層層包裹束纏住。宋朝以降，禮教盛行，女裝益更保守，幾無浪漫之可言。反觀西方，文藝復興以來，女裝之袒放程度，與日俱增，時至今天，已經浪漫到只剩下三點了。也有人認為，連三點仍屬多餘，主張天體。這種運動，雖也頗有時日，仍未受普遍支持，最多也就是數十百來人集在沙灘上，海闊天空，臨風解衣，裸身對日，作出一種宗教性的虔誠坦蕩，與對道德束縛的抗議表示而已。不過，在精神上與作為上，還是比「脫衣裸形在屋中，人見譏之，笑曰：我以天地為棟宇，屋室為幝衣」的晉人劉伶，要徹底得多，自然得多了。

話說回來，我們今天的社會，距劉伶時代也千把年了，又有幾個劉伶？再說，《世說新語》

的著者劉義慶，儘管把他本家的隱私公開出來，充其量只被列為「任誕」；要是今天又出了個劉伶第二，恐怕就要依妨害風化罪被提起公訴了。

下篇

十數二十年前，在臺灣乘坐火車，常會逢上其實並不嚴重，卻讓你感覺頗有幾分不悅爽的事：你端坐椅位上，閉目思索，或是正與老殘先生結伴，神遊故國山川之際，坐在對面椅上同途殊歸的陌生朋友，忽然把一雙脫了鞋的腳，潑辣而激昂地直刺到你腿邊來。於是你訝然注視，而對方卻以身在公眾場合慣有的那種淩人神勢，將你探索的眼光，逼退在咫尺空間裡。於是你稍稍挪身向側，故示君子謙沖，其結果，往往是那雙腳未知自斂，既不領情，反倒舒享更多自由。事屬偶發，倒也罷了。其實，這樣的現象，不獨乘坐火車如此，走在馬路上指指點點、排隊購票或乘車坐電梯時爭先恐後、餐館之中無憚提高音量等，都萬流歸宗。

我常聽見中國人嘲罵西人個人利己主義作風的不是，從某些方面來看，也未嘗不然。連西人自己都不諱坦認，以為「並非無理」，他們是頗勇於擔承的。可是，當西人反過來批評中國人自私利己時候，我們的同胞，十之八九常會忿然斥辯，繼之以赤面怒目，從懷中陡地掏出亮晃晃的孔儒利刃，以文明大國對待番夷的態度，告誡「不得無禮」了。簡言之，中國人這種好假公而恣意徇私，表現大無畏個人主義作風，正好是「禮」的反訓，無以名之，姑稱其為「脫鞋作風」罷。

脫鞋作風的另一種展現，是俗話所謂「光腳的不怕穿鞋的」精神，這樣的行為就更顢頇了。怎麼說呢？原來，這是歷史上「苛政猛於虎」的後遺症，是淩壓百姓到極限的「吾與汝偕亡」邏輯現象。一個一無所有的活人，而對方竟還不放過，定要「拿命來」時，連狗急了都會跳牆，自然是「老子跟你拚了」！所以，只要有了不怕穿鞋的那種赤腳大仙，始作俑者就該痛切反省，引以為恥戒。但是，不幸事實常會與願違，如果穿鞋的那一方竟然脫掉鞋，解了上衣，捲起袖子，降身以求，也擺出一副「光腳的不怕穿鞋的」勢格來，那就糟了。其結果，必然是顢頇的升級，於是乎禮儀之邦終就上上下下扭揪一團，一齊跌回到跣足散髮的蠻荒時代去。

脫鞋的故事，見諸典籍的，當以《史記・留侯世家》所載張良在下邳圯上為老父履足的一段為人熟知：「良嘗閒從容步游下邳圯上，有一老父，衣褐，至良所，直墮其履圯下，顧謂良曰：『孺子，下取履！』良鄂然，欲毆之。為其老，彊忍，下取履。父曰：『履我！』良業為取履，因長跪履之。父以足受，笑而去。」我每讀此，便不期然想到《史記》中另外一段，淮陰侯韓信在未獲封侯成事前，屈忍胯下辱的故事。對於個人來說，一則教彰儒家克己修身尊長的美德，一則鼓勵崇揚大丈夫能屈能伸的精神，兩者固好，然而這樣的忍的功夫，最大的反面效果，是人的果敢判斷力的削弱，尤其當遭遇挑釁或強敵臨境時，不知權變，綻顯懼縮。從個人擴至國家，即拿近百年來中國外交史上多少忍辱喪權事件為鑑，外族一次復一次的侵凌，割地賠償承認治外法權等，不是老父故意墜履圯下要張良下去取來為他穿上的寫照麼？多少淚、多少恨、多少辛酸，我們強忍吞聲，一再對西方強權大國採取低姿，讓外族稱心撒野折騰一夠後，足意大笑揚長而去！張良強忍，尚不期換來老父「孺子可教矣」美言，並一部「太公兵法」；韓信強忍是俟有出頭之一日，可是中國呢？我們得到了什麼？

也許，有人認為我們得到了很多：在經濟上，我們得到了以高級科技製造的精緻皮鞋；在政治上，我們得到了自由民主牌的洋貨繡花鞋。可是，這些人想過沒有，我們是流出多少鮮血，花了多少人民的財富，付出如此高昂代價才買來的呀！更何況這些進口的鞋都嫌尺碼過小，儘管款式品質佳好，卻須削足以適呢？

「削足適履」是愚蠢的自殘行為，或許可以解釋為「花錢買乖」罷。於是，我又聯想到「穿小鞋」的另外一種自殘行為了。那是後娘對待前妻的「小賤人」狠毒態度。贈與的行為，原是一樁好事，卻也只有在國殷民富、和睦尚禮的修明社會方才存在的。否則，這樣的美德，也就常因利害衝突，由嫉恨而成了排除異己的手段了。「穿小鞋」的行為，便是最易見的政治現象。名義上是餽贈施惠，受贈的一方，在感激謝恩之餘，含淚穿上，步履艱困，痛楚萬分。在歷史上，贈鞋的對象通常以忠良賢士居多，究其因由，大概是他們都是深曉有所為有所不為的君子，而不會反其道行而之的罷。文人儒士的耿介狷傲，自秦漢魏晉以降，令他們吃足苦頭。可是碰上昏昧橫暴、猜忌多慮的帝王，在龍顏淫威下，有時這些平素好為讜議清談的，反又噤若寒蟬。看來，像那有唐一代仙風道骨的李白，非但卻穿小鞋，竟然讓恃寵踞傲、權傾內外的驃騎大將軍高力士替他脫靴，其目中無人的豪灑，千古以還，愧煞妒煞多少自命風流文士！

自滿清積弱，舉國覺醒，一意奮起直追西方以來，事無分巨細，也頗有一番興革氣象。至少，那封建桎梏的纏足之風永被汰棄了。婦女自足下拾回了自由，卻未善自珍惜，為趕時髦而效顰，穿上了高跟鞋。高跟之不足，終而連小腿肚子呼吸空氣的自由也放棄掉，絲襪緊包於其內，外裹纏以長腰筒皮鞋，可以稱是甘心受折磨的，男人也難置喙。

其實，我對女士們穿長筒馬靴，只有直覺上的「怵目驚心」之感，怎麼說呢？打開中國歷史，胡人蓬頭垢面、躍馬揮刀，在滾翻黃沙和殺伐震天的馬嘶人吼風嘯聲中，從北、西北、北西北，踐踏中原，追戮漢人如獵狐兔的景象，便兀突眼前。胡人腳上所穿的，正是馬靴呀！久遠的歷史如果已忘掉了的話，難道竟會忘掉了照片上的近代慘痛歷史——岡村大佐展著獰笑，手中的武士刀猶在滴血，站立在南京城千百萬人堆成的屍山上，腳上所穿的是什麼了麼？用這樣的東西來增加美感，以粉飾史實慟殤的方式，使我想起了馬嵬坡下的楊貴妃玉魂。她頂多讓一個唐玄宗迷戀聲色誤國，倉皇奔蜀，然則，我們在臺北，卻有成千上萬的楊玉環了。唉！唉！當她們穿著「和平柔美的鐵蹄」，走在西門町、敦化南路一帶的鬧區街頭，一臉毫無負擔的得意神色，真不知悽惶悱憤的先民在天之靈，是否會掩面落淚，搖頭太息！總而言之，我確乎是對於幾乎終會定然被棄之不顧的繡花鞋，那樣傳統代表中國婦女斯文雅和純美象徵的東西，深深惋歎了。

我差些忘了中國近代史所留給現代中國人（尤其是知識分子）的一種後遺症了——病急亂投醫。我們一直要替苦難良善的絕大多數中國人物色設計一種既舒適又耐穿且美觀的鞋，「德謨克拉西」牌、「社會主義」牌，那些式樣我們買了回來，也試著自己學做。九億多人民動員，做出了兩雙「政府」牌的國造皮鞋，笨拙而澀硬，且乏光澤。於是，九億人民又都成了擦鞋工，用血和汗摻了淚，不停擦拭。滿街光腳的擦鞋人，只在落後的國家才會看見，俟有一日這樣的景觀忽然消失，世界上就又增加了一個富強之國，自由民主陣營中，便也添了一個肯定的造福人民的好夥伴。來去城鄉為人民療傷治病的「赤腳醫生」，做出的貢獻固多，精神之偉大固足欽範，而終歸有一天該穿上鞋的。到了那一天，每個赤腳醫生都穿了鞋，具有精湛進步的醫學知識與技術，可以為中國治癒全身痼疾的話，「赤腳醫生」便庶幾乎是歷史上真正傳名千世、值得誇耀的美詞了。

——一九八〇年九月十五日香港《八方》文藝雜誌

窮與吃

上篇・・說「窮」

「窮」字從穴從躬，意味是說，在洞穴之中除己身之外，家徒四壁，一貧如洗，可說是非常幽默的好比喻。此種近乎衣不蔽體的景況，若用文雅一點的語彙來說，就是「赤貧」。英文有as poor as a church mouse一語，即是指此。古時西方僧侶，多係簞食瓢飲，儘管其樂不改，足以仰賴精神剋勝物質。不過教堂之鼠，究係無有人的聖靈，就因為牠基本只屬於「食於人」的一類。在教堂設窩而居，只能說是有眼無珠，那是窮措大找錯了地方。如說鼠輩此舉乃是為了跟萬物之靈的人類——尤其是具有聖靈的僧侶——攀上了關係，因以洗脫掉一些人類對於彼等的譏抑，那便更其荒唐可笑了。其故在於不論如何攀附，使出渾身解數也罷，而人類（尤其是炎黃子孫的中國人）仍是對其嗤之以鼻，仍是認彼等為「鼠輩」的。

按詞性，「窮」之一字，可作名詞解，亦可作形容詞解。除此之外，尚可作動詞用。〈長恨歌〉中有「上窮碧落下黃泉」一句，便作此解。一般而言，窮作名詞用不多。「無窮無盡」，最足狀此。《論語》云：「君子固窮，小人窮斯濫矣。」所謂「固窮」，即是強調如孔夫子的大弟子顏回先生居陋巷而不改其樂的操守。否則，不管張三李四，如若忍受不了簞食瓢飲，就不配做君子。話雖如此，世俗的看法卻不盡相同。當今之世，大利在前，一切向錢看，「窮則獨善其身，達則兼善天下」（《孟子・盡心》）尤難。世俗人不認為讀書人當窮，非但他們不同意「達則兼善天下」的胸懷，即使不達，他們認為亦足以兼善天下的。對於一己，他們認為事關重要方面乃是識時務，乃是要窮則思變，「窮則變，變則通」就是此理。所謂「獨善其身」，他們指說太迂腐了。「大家」都如何如何了，我「獨」何為？名列世界富翁排行榜的前十名，我敢說他們彼此嗤鼻以視，彼此看不順眼。不僅如此，落榜的小富，大概也會自高身價的。

「窮」作動詞用最好的例子，當屬宋代理學大儒朱熹先生的窮理格物一說。《朱子語類》云：「學者工夫，唯在居敬、窮理二事。此二事互相發，能窮理則居敬、工夫日進；能居敬則窮理工夫日益密。」所謂「居敬」，意指內心修養，強調起居動作務慎。朱夫子固然言之鑿鑿，可是「人窮志短」，固窮實不易為。大家都窮奢極侈、大魚大肉，要讓升斗小民每天只啃窩窩頭吞涼水，窮途末路坐以待斃，小民便不幹了。不必等到詞窮技窮，早就蠢然欲動，窮凶極惡，要求解決之道了。

說來說去，自古以來，「窮」總是像地球圍著太陽轉一樣，跟「士」結了不解之緣。士一窮但發語自解，大唱「固窮」之調，正如魯迅先生大著《阿Q正傳》中的主角人物阿Q先生，在在講求精神勝利。於是，世人乃把士之窮，跟士之酸二者牢牢牽在一道了。「窮酸」就是士之嘴臉。窮秀才沒轍了，遂窮開心起來，高呼大叫，嚷嚷著「窮則獨善其身」的高調了。

其實，今人拜文明之賜，姑無論如何窮困，若與曩昔比況，窮的程度是不能相埒的。抗戰時期，我在大後方吃過所謂的「八寶飯」（紅色糙米，內中羼了砂子、泥塊、穀子、稗子、昆蟲屍體、老鼠屎及碎石子），穿過「百衲衣」（衣服破了，打上補靪；補靪又破了，靪上加靪。五顏六色，極為奪目）。這樣的窮，時下國人或認為是在講笑，也可能認係天方夜譚。去歲返臺，在臺親友語告曰：「身上若不帶兩千大元，是出不得門的。」兩千大元臺幣，約為美金七十至八十之譜。這在美利堅合眾國，已可算是身懷巨款，頗可昂首闊步了。向我進忠言的老友說，他身上只有大約五百元，阮囊羞澀，很感自慚。由此看來，窮的實質意義，顯然今昔大異。目前，從臺灣來的留學生，動輒揮手就是一張巨額支票，立即換來汽車一輛，也有人每日餐飲在外，無須打工苦讀。總而言之，較之我等三十年前告貸出洋，簡直無法同日而語。窮的現實，現在在臺的一般人民已經不易親身體會了。一個賣菜的小販，動輒三年五年旅遊大陸一次已司空見慣，不足為怪。然則，窮的物質層面涵義雖云提升，精神層面的相對意義卻大為退減了。似乎大家不再重視窮所給予我們生活上的正面含義了，大家都只對窮的皮表上的負面意義表示厭憎。尤其是年輕人，心態多少因此浮盪起來，討厭固窮，不願在窮巷簞食瓢飲，嘲譏獨善其身。他們打擊窮措大，憎惡窮光蛋的志短迂腐。當然，他們絕對不願接受窮理居敬的作為。他們但要求現實的美好。即以寫作為例，對於歐陽修先生在其〈梅聖俞詩集序〉一文中所說的「蓋愈窮則愈工，然則非詩之能窮人，殆窮者而後工也」的說法，不易苟同。古人俗謂「後山練劍」，他們也覺得可笑不切實際。有清一代大家錢謙益曾云：「古之為詩者，必有獨至之性、旁出之情、偏詣之學……然後其人始能為詩，而為之必工。是故，圓熟軟美、周祥謹愿、榮華富貴，世俗之所歎羨也，而詩人以為笑；凌厲荒忽、傲僻清狂、憂悲窮蹇，世俗之所詢姍也，而詩人以為美。」今之年輕作家大皆一笑了之，也許他們大多會以為錢氏之言並不盡然，「窮而後工」大可不必，富而益工才是應該考慮的地方。至於習讀前人之作，他們更認為是食古不化了。

因此，倘若仍有人願談說「窮」的種種，這些人肯定會遭唾罵是「窮極無聊」了。

下篇：談飲食

告子曾說：「飲食男女，人之大欲存焉。」

在從前，男女之事是不宜高談闊論的，尤其是讀書人。我小時，連國罵的三字經都認為暗涉男女，骯髒得很。如今，保險套都公開販售或免費贈與了。而處子處女，在青少群中被認係「孽障」，公然遭到揶揄，也已不鮮。話雖如此，對中國人來說，食色二事，仍以前者受到歡迎。一個學富五車的大教授或雅士，如果「食經」談說得頭頭是道，其功力人品才學，便硬是高人一等，似乎比甚麼名學府的博士學位還令人拜服。「吃家」在中國，比那風流倜儻的劍俠唐璜還為人稱羨。某人如果不但談此甚健，再能展示其技的，便肯定是大有學問的凡聖了。

過去，國人常以「您吃過飯了吧？」一句為寒暄之用。其實並非真正探問食罷與否。而是在從前經濟不算起飛的時代，一日三餐，倘若都可以平順不虞，乃屬相當攸關顏面。有吃有喝，彷彿人生之快之樂之幸，業已彰彰然可以附諸史冊。

中國人是愛吃懂食的民族，這也是世界公認的。我們講究吃，視之為一種生活藝術。這一點，大概世界上只有微乎其微的幾個民族國家可以相提並論了。既云藝術，故不能單講實用價值。至於營養云云，國人認為乃是小事一樁。比方說，雞蛋的吃法就無窮無盡。「溜黃菜」一味看似簡單，卻講究用何等的油、何等的火候、何等作料，甚至何等器皿。不是把雞蛋打放在鍋中，俟蛋熟起鍋便可。「假蟹黃」乃是用薑跟醋與雞蛋共同下鍋，是色、香、味俱全，在不是吃蟹季節都令人垂涎的美食。這等藝術，端非洋人吃蛋可比。洋人吃蛋，總是將其藏放他種食物之中，一般食用之法也不過煮、煎、炒而已。一條豬，中國人從裡到外，由頭至尾，無一處不可食。這哪裡是洋人所可想像？由於豬身各部肉質不一，是故調製之法亦不一，品享方式自也不一。誰會用刀叉像洋人切食牛排的架勢吃蹄筋的？一味「魚香腰花」，打死了老美他們也想不到那是「不可說」的美食。

說到人，美國這個由來自世界各地移民集成的國家，在飲食一道上，還確是生猛得令人難以置信。我剛到花旗國的時候（約三十年前），市場上絕對買不到也看不見豬頭、豬腳、豬肝、豬腰……等豬件。連豬排骨都無法輕易過目。整尾的魚，不計中國市場，只可在極為少數品味較高的洋市場購到鱒魚，而且絕對沒有活魚。一般來說，若要吃魚，就請食用洋市場買到的紅橙肉色的鮭魚排。美國人一向表示，肉(meat)之一字，實際上對大多老美而言，僅指牛肉。要吃牛肉，就吃去了皮、骨、肥的純肉。內臟、蹄筋、頭尾皆免。他們得天獨厚，由於殷富的經濟條件，幫助他們的吃喝哲學，也伴隨科技發展而另樹一幟。在喝的方面，他們把啤酒中的糖分儘量減低，淡中取淡；牛奶則去其脂肪，以寡澀為佳；咖啡精除之而後快。美國人一般也不愛飲用白水，只喝飲料。我認識幾位美國朋友，稱說不知白水是何味道。他們自投胎降世起，除了牛奶，只喝瓶裝飲料，從未嘗過百分之百的白水（刷牙除外）。在進餐時，老美喜愛飲冰水，把一個人的胃口全然凝固淡化，一個正常人的胃量一半為水淹充。冰水固不宜配菜，乃因終是無味，尚不會影響齒牙感覺，倘若換成可口可樂或牛奶，佐以中餐，那就是大災了。甜甜膩膩，如何可以和清炒蝦仁、油爆雙脆和西湖醋魚搭配？老美於吃，必究營養，其結果乃是：一要生冷，少加作料；二曰原汁原味，調製之法務求簡單明瞭；三為油脂必去，寡淡為宜。我們講求色香味，而他們則是吃營養。

飲食，從藝術層面退至科學營養，這在精神心理上，至少需要一番因應準備。畢竟，我們已經到了二十世紀行將告終的時候了。在二十一世紀談飲食，看來或許真的要有嶄新的態度才可。不過，對我來說，科學營養固與延年益壽唇齒攸關，我卻不願硬把兩者拉在一起。如今，世界生態已經大異，生存環境日艱，天下大亂，乾淨土地原本不多了。是此，數十年寒暑的人生，我覺得端靠藝術才能過得稍微從容一些和愜意一些。沒有藝術，則我們何不都去充機器人算了？

——一九九五年三月十一日《中華日報》副刊

坐享

這可謂典型的中國人的俏皮。

不說成幽默，而說是俏皮，是因為不夠幽默的深邃遒勁。「不勞而獲」是何等露骨綻肉不體面的說法！要談享受，就安安逸逸、舒舒泰泰、大模大樣坐著，坐等香噴噴的大餡餅從天而降，掉進嘴巴，一咬一嘴油。福大嘛！

其實，這種觀念，早在三皇五帝時代是沒有的。神農氏、燧人氏、有巢氏絕無半點「不勞而獲」的想法，相反的，他們是兢兢業業為後代億萬百姓謀福求利的開拓者。因為，在他們的時代，還是「天地玄黃，宇宙洪荒」的局面，套句俗話，尚無坐享的本錢。秦皇一統大業，雖有李斯為相，定郡縣治邦之制，以小篆為天下通行文字，然秦皇本人殘民以逞，好大喜功，天下雖統一而未定，也還不能夠坐享。這一直等到劉家得了天下，蕭何制定典令，立國之本規模大備後，高帝高唱著「大風起兮雲飛揚，威加海內兮歸故鄉」的〈大風歌〉，才由曹參不勞而獲，舉事不變，坐享大餡餅入口之美。

從此以後，除非帝王主子授意，公卿大臣之中誰要是想有所為，誰胸有丘壑但思一展抱負，誰就遭忌遭殃。於是，大家爭做曹參，不為蕭何。做曹參的好處就是出了紕漏的話，上面總有蕭何撐傘，即使滴水也得怪蕭何的傘是把破傘。

於是，一脈相承，漸漸就形成了所謂的「正統」了。正統就是三代以降自唐堯虞舜夏禹算起下迄×××的自說自話的朝代更迭，獲勝為王的「成者」大串連。這種「正統」思想，於帝王之家來說，真是禍大於福。「統」既「正」矣，遂坐享其統，但守住先王基業，即可無愧無憾，而不求改進。一句「守成不易」足以搪塞一切。更糟糕的就是產生了昏君庸主，由於統正而無可奈其何，這對國家人民來說，就是孽了。在這般情況下，人民只有自求多福，因為誰想取而代之，誰便是亂臣賊子，於是就有人據「統」而興義師討之伐之，甚至誅之。

帝王之家的事，反正黔首百姓敬而遠之，也就任由它去罷。好在改朝換代不似懷胎十月產子，有關「統」的事，人民頂多私下談談，一笑了之。比較費腦汁的倒是知識分子，讀書人書讀得通到何種程度不打緊，據統權變游刃其間才是大學問。這情形一直發展到了二十世紀八十年代即將結束的今天仍然如此。

所謂「正統」思想禍延子孫倒不在皇基帝業，反正到了該改朝換代的時候有人取代就是，人民不只須承認接納，且不容亦不須追究。我說禍延子孫是指人民大眾，與己相關，因為在許多公眾行為上，自這種「正統」、「坐享」的思想衍生出來的問題就多如牛毛了。姑就常見耳熟者略舉數端以明之。

學術界習見的現象之一就是：某御用學者為文一篇，義正辭嚴，髣髴八代之下捨其無他。經通過有關大眾出版媒體而飲譽士林；倘有「有眼無珠」之士據理自不同角度為文爭辯，必立遭封殺無疑。我們的社會一向不主張亦不鼓勵從不同角度不同立場衡量討論問題，幾乎任何問題都有標準答案。

現象之二是抄襲。學人中剽竊前人著說，中外不拘，據為己論而不注出處者，所在多多。甚至有人尚認為這是自己本事高強，這也就頗令人只好感慨繫之了。

現象之三是對古籍的注釋。其最特出之處是乙本據甲本，丙本再據甲乙，依是類推，丁戊己庚亦然。凡前人所注，後人疏之箋之；而凡前人所當注未注之處，後人照付闕如。於是各本之注腳處似患痛風關節炎，密密麻麻，傷神費目。尤其糟糕的是，前人注釋盡列於此，究以何說為善，注者不加斷語，留待讀者咀嚼推敲，以示「客觀」。

在商業行為上，不勞而獲（大利暴利）之風更是蔚熾。譬如人人皆知的盜版書，冒名廠名牌的假貨贗品如手錶、衣履等等等等。別人投下多少血本、精力、時間已得到的真、善、美成果，咱們只要一點頭，一夕間便坐享大利了。再如「名（字）戰術」，也是一項利器。姓陸的以「胖子」綽號名其店，生意興隆，於是姓李的瘦子就在對街掛出「真陸胖子」的招牌來，生意不惡。這時周矮子就在兩條街外另開「老陸胖子」；於是張三的「新陸胖子」及王二的「正宗陸胖子」乃接踵而至，大家的菜式完全一樣，「假作真時真亦假」，有利坐享，真假就毫無意義了。

「坐享」觀念雖有如前述之不當，究屬一己道德操行，尚未影響大局。可是，有一種由此衍生而來的行為現象，卻是遺害匪淺，那就是「因循」，而不能不正視了。因循者，一切照舊，凡事認為「一動不如一靜」、「多一事不如少一事」之處世態度也。大者如立法程序問題、議員產生方式及其職責問題、議事原則問題、政治體制制度化問題、政府決策問題、司法獨立權限問題、執政黨對政府機構的直接影響問題等等；小者如聯合招生存廢問題、中學生應否穿著制服問題、學生髮式問題等等，一向都是拖延不果，總是「尚待進一步研究」或者議而未決，觸礁擱淺。

因循的結果是誤事，代價是導致累積的亂源。君若不信，打開每天的報紙便一目瞭然。

——一九八八年四月二十七日《聯合報》副刊

無心插柳柳成蔭

棲遲域外，居家最大壓力之一便是孩子的語言問題。我說「問題」，毫不誇大。那就是如何讓孩子說華語時字正腔圓，遣詞精確。這樣的問題，要是孩子身在國內，除了學校以外，在家耳濡目染的接觸身教，除非是下愚，語言便巧妙的把孩子跟環境扣連在一塊兒，不須嚴格教導就可無師自通了。

這樣的語言，並非書本上忠孝仁義那種硬梆梆道德氣氛濃重的詞彙，而是我們在日常生活中因於一時特殊情況之下脫口而出的靚麗動人、令人覺得莫此為佳的說詞。這樣的表達，往往並非嚴格師教即可奏效。人分上中下九品，智有巧愚中庸，彼此「造化」自有異同。前面已經道過，語言環境扮使了絕對重要的因素。那麼，孩子在域外，該怎麼是好呢？這似乎是身在海外的華人之家想要為自己保留一點中華骨血的「難念的經」了。

經固難念，又非念不可，於是乎此一問題成了海外華人的大頭痛問題。依區區在下之淺見，第一需要大人身先士卒的，就是在家中切勿輕吐洋文。友朋家中常有夫婦（皆是華人）

都在國內接受了高等教育，彼此之間卻是「華洋交錯」來溝通的，令人覺得不知如何是好。譬如說，先生呼叫太太，也許底氣不夠中壯，也許發音不清，居然吐出這樣的語言來：「Mary，我叫你你為什麼不answer」太太在廚房忙於晚餐（中餐）製作，半嗔半火的道：「你說什麼？It's not clear。我很busy。」這種我謂之為Chinglish（中英夾雜的語言）的話，毛病就出在先生叫喚太太，為何不以「太太」、「老婆」或現在新派的華人向英文學樣換來的「親愛的」，或乾脆呼叫太座芳名的辦法，來表達（也許用「瑪莉」也可），而非要以Mary呼之？此其一。其二是answer（回答）、It's not clear（聽不清楚）及busy（忙）均非中文難以表達的說詞。倘如只是夫妻之間偶爾用用這樣有趣的「三明治語言」，倒也罷了。糟糕的是若是少爺小姐不幸在場，一聽之下，誤以為那樣簡單的詞彙中文都無法表達，只好借重英文，那麼，等下一次父母呼叫他們時，他們自然也可以理直氣壯用這樣的「三明治語言」以為回敬了。

前面所說的現象，雖非誇張，倒亦並不全然如此。這樣的情事，只要大人家長稍加注意，都可「知過必改，善莫大焉」。我認為倒是一些swearwords（詛咒、罵人語），有時覺得不說不爽，這就難免逞一時之快。若不幸孩子在場，於是就「家傳」了。

在一般身為父母家長的心目中，這樣的語詞最好不用。像國罵三字經一類的粗話不宜出口，我百分之百同意。但是，一般的詛咒語，比如「混蛋」、「渾帳」、「狗屁」等，有時竟有

「無法取代」的快感。譬如說，「那個人渾帳透了！」此處「渾帳」一語，意味深長，包涵面廣，在在都在聽者意會之中。諸如其笨如牛而又愚而自負；橫不講理或瞪著眼說瞎話；頭腦不清、張冠李戴；不辨黑白，唏哩呼嚕……等等，幾乎都是可能。但倘如在說者及聽者之間都有一種共識的話，那麼，此處「渾帳」就不作他想了。這樣的情事，有一次在酒蟹居我們家就發生過。

某次，有兩位「替天行道」的耶穌教會中年女士登門頌揚表宣教義。我很禮貌面帶微笑的告以不擬皈依上帝，而且時下忙碌得緊。兩位婦女中人高馬大的一位居然提高嗓音詢問我何以不擬信奉上帝。突然之間，我一下子想到了魯迅《阿Q正傳》中趙太爺伸手抽阿Q嘴巴，同時叫嚷著「你哪裡配姓趙」的一幕。我當然毫無伸手一快的意圖，也並沒有說出「你哪裡配信教？你哪裡配信耶穌基督？」那種話語。不過，本能地覺得，在個人自由地位極高的美國社會，居然會有盎格魯撒克遜後裔說出這種沒學問的冒失話，對於此種宣揚教義無孔不入的精神，感到了厭煩。我仍是很有禮貌的用太極拳招式把二位信女請走了。進了家門之後，心中惱怨，不經意說出了「渾帳東西」四字。兒子目擊了全部經過，當然也把我一時口快吐出的那四個字一下子跟那人高馬大的盎格魯撒克遜臣民的上帝使者，牽連到一塊去了。

時隔約一月，某日駕車帶兒子上街去買冰淇淋。汽車開入市區不久，旁邊突駛來一敞篷車，由一長髮披肩、戴著深黑墨鏡，嘴中嚼著口香糖，收音機音響聲量放大到兩哩之外皆可聽見的盎格魯撒克遜後裔小子駕駛，向我們按喇叭呼叫：「Hi-Frank（法蘭克為我兒子洋名）！」兒子不理。對方再叫，再按喇叭。法蘭克仍不理。其時，兒子轉頸對我，操著字正腔圓、得體切題的國語說：「這個渾帳東西！」我驚訝他焉出此言，但又覺得兒子用得太切題了，此時此景，我要給他一個百分之百的滿分了。因詢以何以出口傷人，答曰：「這小子在學校裡討厭極了。對著女生亂吹口哨、抽大麻、不上課，考試的時候cheat。所以，他是渾帳東西。」「有心栽花花不發，無心插柳柳成蔭」，一點兒都不錯。兒子學中文真學到了家，活學活用，渾然有韻。所以說，對於下代的身教，當然好的方面優先，但對於如何以適度的語詞表達心中的感覺，像這樣的詛咒語，並無壞處。我那天越想越得意，孺子可教，活學活用，於是到冰淇淋店買了個雙份的冰淇淋給他，以示犒賞。

——一九九四年一月九日《中華日報》副刊

大處著眼

出國以後，到了僑居地，才發現有所謂「老華僑」與「新華僑」之別。一般說，前者是指早期背井離鄉的國人，以粵籍為多，泰半是以「食其力」的苦心經營海外生活的。其間也有知識分子在第二次世界大戰之前（或前後）出國而留居下來的，不過這是少數，地域原籍不一，口音互異。好在都是中國人，故大皆能以「華僑」之名為滿足。

到了五十年代，中國大陸因改朝換代由中共統治，「華僑」在他們的國策下變成了「外國人」，也從此沒有後繼之人了。他們變成了外國人，也就是說中共將華僑開除了國籍（中國國籍），就因為他們沒有參與社會主義建國大業。尤其是因為祖國變成了共產主義國家，與自由世界永世隔絕，中共認為華僑都是危害中國的分子，都是共產主義的敵人，故而將華僑一律開除國籍。

這樣的情勢延續下去，使五十年代起來自臺灣的中國人，由於臺灣政治局勢的變化，及所謂「省籍情結」的影響，造成了華僑中「臺灣人」的一股氣勢。一般來說，所謂的「外省人」雖然不說廣東話，但仍以「華僑」為歸屬。但臺灣籍的國人，有人就不願意把自己歸依在「華僑」的名義下，也並不以「華」為滿足，硬是標出了「臺灣人」的字號來。老華僑及新華僑（此處泛指自臺灣來的非臺灣原籍的移民）的一般活動，他們幾乎從不參加。他們自行組織了自己的社團，站在跟華僑相對的地位。

到了七十年代，尤其是八十年代，來自中國大陸的新華僑越來越多，由於政治背景，這些新移民只有形無形承認自己是「海外中國人」。他們對「華僑」一說覺得有些格格不入。於是，他們跟老華僑（以粵籍為主）、新華僑中的「非臺灣人」及新華僑中的臺籍人士，四分天下。華僑世界真是多彩多姿了。

我自己是從臺灣來的新華僑。對於來自大陸的新朋友，自是稍有區別。但在大原則、大中國文化的旗幟下，我認為自己跟他們都是同胞，都是「中國人」，從未有「省籍」之一說。但是，對於與我自己一樣，來自臺灣的臺灣籍朋友，就覺得有些話想一吐為快了。

我的第一個感覺是，這些臺籍朋友，硬把自己基於政治意識考慮而歸於「臺灣人」是一種非常不智的狹隘觀念。如果「臺灣國」果真存在，他們這樣的作為，至少還有政治法理上的意義；但目前在臺灣只有「中華民國」，他們如此意氣用事便有些令人難解了。他們的父兄、親戚、師友，在臺灣，都是「中華民國」國民，連議員都是中華民國的。省籍與國籍是兩碼事，怎麼短視得連這樣的區分都混淆了呢？

我有一些學生，父母都是臺灣省籍，他們的華語（國語，或大陸稱謂的「普通話」）非常好。但他們哭喪著臉說：「我們的臺灣話卻不好，從來沒有正式學過。」有兩位生徒還這樣告訴我：「在家，父母跟我說臺灣話，但我不懂。他們從來也沒教過我。我小時在中文學校學的都是國語。所以我請他們跟我用國語交談。我知道他們會說國語，而且很好。他們都是在臺灣讀到大學畢業的，在臺受的教育全部是國語教育。但是他們為什麼一定要跟我說臺灣話？（有一位說他從未返過臺灣）他們還會生氣，甚至說以後不跟他們用臺灣話交談，我就不是臺灣人，就不是他們的兒子！」我聽了他們的申訴時，覺得他們已經泫然欲泣了。這樣的父母，把自己的華僑子女，硬逼上了梁山，太糊塗了！太令人失望了！

說實在的，外國人學華語，都是學國語（或普通話），除非少數又少數學中國語言學的學生，及一些去臺灣只為了經商的學生，是沒有人學臺語的（我的一位美國學生還說：「臺語」也是中文啊！又不是外國話！）。我的另一位美籍華僑學生（臺灣省人）說得好：「我要去中國，所以我要學十億中國人都彼此了解彼此使用的語言。我學國語。我拒絕學臺灣話，因為我並不打算回臺灣住，也不打算只跟臺灣人做朋友！」

大哉斯言！兒子比父母曉事太多了！他的頭腦比父母清楚靈活太多了！

我有一位來自大陸攻讀教育的學生，她說：「文革期間，我們什麼正經的教育都沒有，整天瞎鬧。繁體字也不會，到海外來才開始學。我真是羨慕臺灣來的學生，舒舒泰泰，順順心心，哪裡像我們！但是我就是不懂，為什麼一部分自臺灣來的學生（此處指前文所說臺籍學生），一再的反華。難道他們就不是中國人嗎？」

是的！我想這也是我但願作成結論的時候了。我想說的，是這些患了狹心症的臺籍朋友，如果你們一定要永遠讓你們的省籍意識高張，那麼就回到臺灣去！如果你們要讓貴子弟通曉熟練臺語，你們就要教育貴子弟，或者把貴子弟送回臺灣去！住在美國，說英文、看英文、拿美國護照，而口口聲聲說自己是臺灣人，我就請你們到中國大陸福建省去看看去聽聽，你們所謂的臺灣話，跟福建中國人說的方言其最大不同是什麼！

世界已經由於科技日進而似乎感覺上越來越小了。請把眼光放遠大一些吧！你看看韓國，你看看越南，你看看德國，他們當初分裂時，所習所用的語言不是一樣麼？而德國與越南已經統一了！中國有五千年的偉大光榮文化傳統，是每一個中國人都感到自豪的。當然，所謂中國人，自是包括你們只自稱是「臺灣人」的中國人！

——一九九四年六月十五日《中華日報》副刊

下卷　隔海遙看

人啊！人

我的一位學生唐君，前往中國大陸南京求學一年。最近返來，告訴我他耳聞目睹心思的個人印象觀感。話尚未出口，已覺其眼睛潮潤激動，彷彿不知從何說起，又不說不快。於是替他解困，說：「Stewart，找高興的好的事說。」不意何其簡單輕鬆的一句話，竟令他深深吸了一口氣，大有「欲語淚先流」之勢。於是他整顏肅容地說了：「莊老師，我要是有高興的好的事向您報告，那就好了。我去中國以前，曾來看您，告知此行目的，並徵詢您的意見。我還清楚記得，您拍拍我肩，半開玩笑半認真地說：『你對中國的知識，有一半是感情成分的。因為你是華僑，因為你的父母來自中國大陸，也因為你吃米飯說中文。總而言之，因為你有強烈的中國意識。中國俗語說：「百聞不如一見」，這就是給你一個印證這句俗語的大好機會。我不必告訴你什麼，也不想告訴你什麼。你自己去經驗，去思索，這比什麼都好。這是一手的真實的經驗。這當然也是你自己親眼親耳親心感受到的寶貴經驗。這種經驗乃是你對於中國實切的知識。這不是來自書冊，甚或道聽途說的。』莊老師，您說得太對了。」

唐君說至此，呷了一口水，又用手帕來揉弄鼻頭，復深吸了一口氣，顯然面色平靜了許多。他說：「要向您報告的事太多了，說不完，也不知道怎麼說。我現在只想談一談我對於中國『人』的感覺。」

「不必侷束。你想到什麼，你想說什麼，就說什麼。」我說。

「我從中國回來的那一天，下了飛機，出了機場，回到柏克萊，一路上看不到在中國滿街滿巷的人。我不禁問我自己：『美國人都到那兒去了？』中國人真的太多了。我在大陸，幾乎找不到一個看不見人的死角。南京大學，到處都是人。街上、公車上、電影院、商店、市場，人山人海（唐君還用我介紹給他的洋涇濱英文people mountain people sea 來打趣。他說真的是人山人海。）一片。人山人海也沒關係，如果是像美國這樣就好。美國也有homeless people，但這些人不會一堆一堆地出現。我從南京到安徽的蕪湖和安慶，乞丐居然成幫。武俠小說中有『丐幫』一詞，我原來以為那只是寫小說的人的誇大形容，但是我這次在大陸親眼看到，我才知道這是真的。小說中的丐幫也許有時還武功高強，但是，我所看見的丐幫一堆一堆在街上、在碼頭、在車站，太可怕了。他們沒有武功，他們沒有知識，他們沒有能力，他們也甚至沒有表達語言的能力。但是，他們是人，他們要吃、要穿、要生活。他們沒有生活，生活絕對不只是吃穿。生活要有希望。我在他們眼神中、臉上，看不見希望。希望是一種勇敢泰然的自信、一種鎮定。他們沒有。他們對於明天在那裡，今天晚上在那裡，恐怕也不知道、也不清楚。」

唐君頓了一頓，嚥下一口吐沫，繼續說：「我們一共三個人，到了蕪湖車站，我餓了，於是我們就走到車站附近路邊的一個麵攤。坐在我右邊的是一位中國太太，帶著一位五、六歲大的孩子。他們要了一碗麵，一碟滷肉，和一碟泡菜。吃了兩口，小孩說是要小便，於是那位中國太太母親拉著小孩去車站的廁所。就在他們離開的瞬間，環伺在麵攤四圍的七、八個丐幫就一擁而上，把吃的東西搶去分了。幾分鐘後，母親孩子回座，盤碗朝天，什麼也沒有了。母親又重新點要了他們原先點要的食物，對著環伺的丐幫，一語不發安靜地吞食。莊老師，但願我所親眼目睹的事實，只在中國武俠小說中讀到。這是我從來未有的經驗，太真實了，真實得讓我目瞪口呆，真實得讓我打哆嗦，真實得讓我心痛。美國的homeless people我見過，但他們絕對沒有像中國的丐幫那樣搶食的情形。太可怕了。」

據唐君的意思，中國人的丐幫形象，也許依照政府的經濟政策，遲早可以改善。但是，對於中國人「漠不關心」的這一心態，令他心寒。我問他意何所指？他說：

「比方有一次，在南京，我上街購物。走到一個十字路口，那裡擁擠著一大堆人。走近方知是大夥兒在看熱鬧。有一個年輕人，站在面街的六層大樓屋頂，大概是企圖跳樓自殺。

樓底下觀看的人，泰然自若。少數幾個與企圖跳樓的人大約年齡相仿的年輕人，嗑著瓜子，喝著汽水，笑嘻嘻地對著樓頂欲縱還疑的人喧嚷著：『跳呀！跳呀！要不要我們上去推你一把？』其他的人，靜靜地木然望著。沒有一個人高呼勸止，也沒有人見義勇為撥開眾人奔往樓頭施以援助。大家就是那麼無動於衷，那麼事不關己的凝望著，彷彿是在看電影一樣。說起電影，要是我是導演，我一定即時請攝影大師把握住這千載難逢的機會，拍幾個絕對不易找到的面部特寫鏡頭。」

「那個要跳樓的青年到底跳了沒有？」我急欲知道結果，迫切地追問。

「沒有。幸好沒有。那個青年向後倒退，後來就看不見了。」唐君悻悻地說：「就在那時候，我聽見身後有人慨歎地說：『真洩氣，虛驚一場。』莊老師，如果不是我在中國的南京親眼見到，我不會相信的。太可怕了。」

彷彿有相當的時間我們都沈默在靜寂中。我順手把書架旁的收音機打開，想借機中發射出的聲音來把這難堪的靜肅氣氛打破。收音機中正好播出柴可夫斯基的《悲愴交響曲》最後樂章中那低鬱緩散的悶調。於是我說：「我真沒有想到，柴可夫斯基的音樂竟然在一百年前就為中國人民譜寫出來了。」

此時，唐君突然若有所悟似地伸出雙臂，自坐椅中站立了起來，以極大的音量與高采烈地問我：

「莊老師，您還想不想再聽一個episode?」

「怎麼，還是關於丐幫或跳樓自殺的事嗎？」我問。

他笑了，哀慼地苦笑了：「都不是。不過，還是關於中國『人』的。地點也還是在南京。」

「有一天，我上街，又是一堆人。一個中年漢子，身體魁梧，舉手要打一個六、七歲的小姑娘。『你敢偷我的燒餅吃?老子打死你這個小雜種！』大漢對著小姑娘叫嚷。小姑娘嚇得把咬了一口的燒餅雙手舉著還給那個大漢。大漢一腳把那燒餅踢到空中去，追著叫嚷：『媽的！吃了一口還要給我？老子今天打死你，看你還偷不偷我的燒餅吃！』奇怪的是，圍看的人，沒有一個前去排難解紛，去營救那個被嚇得面無人色的小姑娘。大漢抓起攤前的一把木椅，眼看就要對著小姑娘砸下去。這時，我擠跳入場，拉住了大漢的手。我也怕，因為不知道大漢會不會用木椅砸我，也不知道他有沒有刀子或其他兇器。我叫著小女孩跑了，卻被大漢一甩，差一點摔了一跤。」

我不要再聽這樣的episode了。於是我問唐君關於他在南京大學的事。

「你在南大，一定交了不少新朋友。對嗎？」我把話題挪移向有太陽的一面。

「當然有新朋友，不過不是『不少』。」

「這怎麼說？」

「因為我是學國際政治的。年輕學生多半認為這根本就是死衚衕。所以，他們不願跟我交朋友。所以朋友很少。」

「那麼，他們喜歡交什麼樣的朋友呢？」

「當然是有錢有權有希望的那種了。」

「有錢？他們怎麼知道你有沒有錢？」

「這不是說我父親母親有錢，因為他們很清楚，我家的錢將來不一定是我的錢。他們認為我有沒有錢，是說我以後的經濟生活條件。但是，我不是學經濟的，不學商，不學國際貿易，不學工程科學，不學法律，不學醫，不學外語外交，不學……。」

「你學外語，所以你到中國去。」

「學漢語沒有用。他們覺得沒用。而且我不是專學漢語。我是學國際政治的。」

「學國際政治將來就可以當大學教授。」

「大學教授？您知道南京大學一個副教授的生活環境嗎？」

「怎麼樣？」

「一個年輕未婚的副教授住的宿舍，就是小小的一間屋子。」唐君再度站立，觀看著我的研究室。

「那間房子頂多只有您的研究室的一半那麼大。一張床，一張桌子，一把椅子，一個簡單的小衣櫃，滿了。」唐君決定性的說：

「而且，牆壁又舊又破。玻璃窗也是，沒有完整的玻璃窗。反正那裡破了，就用紙補貼上。」

「那麼老百姓——人民——呢？」

「就拿一日三餐要用的燃料來說罷，完全的煤、瓦斯，只有少數有特殊身分有特殊辦法的人才用得上。南京大學附近的幾個老百姓，他們用的煤塊，是用從下水道中挖出的泥，混合了煤碴，做成煤塊，曬乾了而後用來做燃料的。再不，他們就燒柴，燒木頭。」

「南京是我住過的地方。中日戰前戰後，我兩度住在那裡。冬天很冷的。以前，我們在家裡燒木炭，現在呢？」

「還是燒木炭吧。也許有電爐、瓦斯爐，但我不確知。我知道，我認識的老百姓，冬天什麼都沒有。多穿點衣服啦。」

我和唐君的談話，就在這時，因下午五時自鐘樓傳來的鐘聲的敲鳴而終止了。唐君起身告辭。

自他去後，我踱到窗邊，望出去。我彷彿望見了遙遠遙遠處冷澀的南京城，那幾度曾為中國國都的古城，那我曾兩度住過的地方。我也似乎看見了那裡的人們，在經過日本大屠殺半個世紀後的今天，在解放後的今天，還依然是那麼默默地，也不知道何以的生活著。兩隻調皮的松鼠，就在這時，自我窗外的老橡樹上追逐著跳躍下地面，向薄暮中逐漸迷惘模糊的大草坪跑去。就在此際，腦海中忽然泛起了我當年在南京鍾英中學讀書時學唱的「孤戀女」那首歌的歌詞來：

「我啊，走遍漫漫的天涯路，我啊，望斷那遙遠的雲和樹。多少的往事堪重數，你呀！你在何處？……」

——一九九六年七月十九日《中國時報》「人間」副刊

革「命」的教育

我所執教的史丹福大學亞洲語文系同事王友琴女士，最近跟我談說她在文化大革命期間的個人經驗。聽來真是亦驚亦懼亦喜，慨然久之。驚懼的是，在那樣的出人意表的運動中，她怎麼能夠「參與」？而喜的是，她又何以能生還？

文革開始，那是一九六六年，她正在北京的師範大學女子附中就讀。學校停課了，一停三年。每日組織《毛語錄》研讀、開批鬥坦白會、串連，要不然就編織毛線，做出勤習狀。因為圖書館門窗已經被釘上鐵釘木條封閉了，課本也因內容反動不夠革命而廢讀。同學中有不能坐視成天瞎胡鬧者，於是入夜以鋤頭撬開門窗上釘牢的鐵釘木條，闖入圖書館偷書來看。她的文學書籍都是斯時如此這般閱及的。

好景不常，讀閒書的日子沒有了。一九六九年，文革開始後的第三年，她被送到雲南去了。所謂知識青年下鄉插隊拓荒，她的工作是每日到橡膠樹林割膠樹取膠汁。把取得的膠汁以木桶盛裝擔回工地。膠林濕熱，到處都是螞蝗，手臂兩腿被螞蝗爬吸的事日日發生，習以為常，久之也就司空見慣了。除了割樹取汁以外，無所事事，她便自己閱讀數學書籍（沒有革命意識的「反動性」故也），演習試題，於是乎把大學的微積分都自習完了。演習數學題目之餘，她與其他插隊同學中惜學者，合資買了收音機，收聽美國之音的英語節目，練習英語（她說那是她的幸運，因為可以購得短波收音機）。數年過去，由於隊中同學有因家庭背景較為特出，可以走後門發揮功效，而得以外調者，卻因彼此利益衝突相持不下。鷸蚌相爭，漁翁得利，友琴於是因禍得福，被調到昆明市去編刊物去了。文革過了，她仍滯留雲南，本來未作非分之想，能苟全性命於亂世，只想有機會能把個人、社會、國家在那樣的情勢環境中的遭際感懷寫出來，以供外人及後人去思索研究。

一九七八年，鄧小平領導下的改革開放派的中共中央，通過恢復學制，大中學校紛紛復校。友琴斯時以同等學力身分投考大專。由於文革期間她自習數學的好結果，該年以「女狀元」考取了北京大學中文系。但是，由於她的父親於文革期間批評政治不當入獄，「成分」不好，不得入學。次年（一九七九年），她的父親獲釋出獄，於是她再度投考北大，而又再度以「女狀元」奪魁，終於如願以償進入了北大中文系，研習三年卒業。畢業後，旋入北大中文系博士班，以研究魯迅為題獲頒博士學位。

友琴下有兩個妹妹。大妹體弱，文革期間亦遭下放，瘦骨峋峋。彼於斯時習醫療護理及中式針灸。習針灸時沒有模擬實習，就在自己身上處處下針，這在世界習醫史上，也可算是自求多福的別開生面學習過程了。其後下鄉助產，她說產婦因家居貧陋，無有營養，全身浮腫，狀至可憐。凡能夠平安生產，母親及幼兒均健存者，足可稱福大命大。這些大概都是在臺灣習醫青年所不敢置信的。

友琴和她的大妹於來美後，刻苦修習，總為自己在文革期中無辜流失的十年歲月彌補。而她本人對於身受文革慘痛經驗後應向世界忠實記述文革，以史的見證來提醒現今的知識青年不可遺忘當年，方知目前慶幸得之不易，這幾年中曾有令人難以相信的考稽探討。比方說，她最近完成的一篇題為〈一九六六年學生打老師的革命〉的文章，是她親身或以閱卷問答方式，在訪問了一百多位文革經歷者（大多數為一九六六年在校就讀的學生，若干老師以及數位當年因被打傷重或致死老師的直系親屬）之後，以血淚敷和理性完成的文字。這不是中國大陸已出版的任何記述文革的書籍或文字所詳盡真實的紀錄可比的。她把原稿給我過目，我一氣讀畢。入夜燈下人靜室寂，心中怒火高張，卻覺渾身透體寒慄。我願在此摘敘一部分外界從未有的材料文字，來看看在文革中，中國如何在毛澤東瘋狂的引導下，做出這般令人髮指斲喪教育文化的行為。

王文在一開始就說：「如果不從道德是非及進步原則出發，而僅僅以生活變動的劇烈程度來衡量，那麼這一『學生打老師』確實就可以算是革命。事實上，這也確是所謂無產階級文化大革命的一個重要部分。」

王文統計了包括大、中、小三個層次的北京學校計七十五所。其中打死了人的計有十所，而打人凡出以拳腳及公然毆辱者，算是最低程度的打。讓我們且來看看下面王文中所述的「劇烈」的情形：

一、一九六六年八月五日下午，北京師範大學女子附屬中學高一學生，在一天內又打又鬥了三位副校長、一位教導主任和一位副教導主任。他們被學生戴上了高帽子，任往身上潑墨（黑色表示罪行深重。大陸當時政治上有所謂「黑五類」，由此可知）。學生敲打畚箕，讓這些老師們遊行。更在項下掛著黑牌子，強迫下跪，由學生強迫擔挑重擔，任學生用有釘子的木棍毒打，並以開水淋頭燙洗。如是三小時後，第一位副校長卞仲耘失去了知覺，再兩小時後不治身亡。卡為文革發生後，北京市內第一個被活活打死的學校師長。他是該校服務已十七年的老師，死時得年五十。

二、一九六六年八月十七日，北京第一〇一中學美術教員陳葆昆，先遭學生火燒頭髮，復被毒打失去知覺，於是被扔進噴水池，因面部朝下被淹死。除此之外，該日另有十來位老師被強迫在煤碴路面上爬行，膝蓋破裂流血。老師一邊忍痛爬行，同時遭到學生的拳打腳踢。這些老師中的女性，並遭學生剪掉一半頭髮，成了所謂的「陰陽頭」。

三、北京師範大學第二附中的學生，將該校共黨支部書記姜培良活活打死。在打的時候，學生並強迫姜的十四歲兒子（也在該校就讀）參加毆打。打後，更有人以鹽撒在傷口。除姜氏外，校長高雲的前額上由學生強行按下一排圖釘，之後，學生命令校長站立在烈日下，再以開水灌頂為他洗淋浴。此外，一位語文老師因被打得肝臟裂開而不治死亡。

四、清華大學附屬中學的校長，被學生用銅頭皮帶抽打得滿身是血。該校共青團團委書記某女士被打瞎了一隻眼睛。而一位化學老師因遭到毒打，於是爬上屋頂煙囪，跳下自殺身亡。

五、北京市第四、第六、第八三中學的學生，在中山公園的音樂堂舉行聯合鬥爭三校領導大會。學生在舞臺上掄起銅頭皮帶狠抽被批鬥師長。批鬥一陣，高呼口號一陣，復痛抽一陣。輪番施暴毒打。

六、一九六六年八月二十四日，清華大學的紅衛兵學生，組合了該校附屬中學、北京大學附屬中學、師範大學附屬女子中學的學生，打到了清華大學。他們在校內任意對師長抄家毆人。清大無線電系系主任及教授等遭毒打血流滿地。有紅衛兵學生在地上鮮血旁加畫了大圈，以大字書寫注明「狗血」。

七、除了北京市區內的學校所發生的「學生打老師」情事外，還記述了一些外地學校的惡行：天津南倉中學的老師被戴上字紙簍，襯衫上被用墨筆打上黑叉，而女教導主任的頭髮被剪得一似洗衣的搓板；上海復興中學，學生用鋤頭敲擊老師的頭蓋骨，以致一位老師天靈蓋被敲破裂；上海第三女子中學校長被學生在背上按圖釘，更被強迫打掃廁所，吃屎喝尿；揚州市灣頭公社小學的學生公開交流如何以皮帶抽打老師的有趣經驗。

那些各校打老師的學生，究竟是怎麼樣的學生呢？據王文說：「一些被訪者說，那時各校出現了一批打手，到處打。他們甚至從中得到很大的樂趣。其中有的專門管『牛、鬼、蛇、神』隊，威風十足。……這些打手中有一些是原來就性情凶狠的，也有一些是平日在家在校很顯壓抑的，這時一反常態，比別人更其殘酷。」

那麼，「學生打老師」的直接原因究竟是什麼呢？根據王文，她把此原因開宗明義歸咎於「毛澤東的引導推動」。用常識理性來判斷，在文化革命如狂飆的當時，除了君臨天下登高一呼的毛澤東之外，誰還有如此巨大的膽量來向全國的青年學生發動這樣人類歷史上前所未有的瘋狂行為？王文引用了一九六六年五月七日毛澤東給林彪的信（見該年八月一日《人民日報》）中的話：「資產階級知識分子統治我們學校的現象再也不能繼續下去了。」如非毛澤東本人的授意，即使他的「手拉手的親密戰友」林彪膽敢將毛氏的私函加以公開麼？根據王文，「有的被訪者認為，還是可以從毛澤東的革命需要的角度找到『原因』：通過這種年輕學生的非常殘酷的行為，就能徹底摧毀原有的社會法律秩序和道德觀念。從一開始，紅衛兵的名稱的意思就是保衛毛澤東。毛澤東沒有給紅衛兵什麼物質利益上的刺激，但給了他們生殺予奪之權，打人以至打死人的權力——一種最高而邪惡的給予。」

我完全同意王文旨意。她說：「非常有諷刺性的是，他們（按，即紅衛兵）的行為被稱為『造反』。在古代，造反是犯上，有極大的風險。紅衛兵最初的實踐卻是在最高權力者的支持下去迫害、虐待那些任憑淩辱宰割，死也不可以還手的老師和同學。」不是嗎？我們在畫報上、在歷史鏡頭的電影畫面上，不是見到毛澤東穿了綠色的布質毛裝，手臂上套上了書著「紅衛兵」的紅色臂章，用尖細的湖南音高呼「造反有理」嗎？

中國俗語說「積非成是」，而毛澤東卻要中國在一夕之間山河變色，這不是革命，又是什麼呢？《周禮》說：「師也者，教之以事而喻諸德者也。」這「事」，用最淺顯易懂的話來說，便是如何「做人」。做人是必須合情合理的，特別是一個受過教育者，一言一行必須有足夠的自我要求。不消說對於任何一個「個人」都得謹言慎行，更何消說是對自己「喻諸德」的師呢？《法言・學行篇》說：「師者，人之模範也。」已經說得不能再清楚的了。我們中國自古以來特別是講求「尊師重道」的國度。「天、地、君、親、師」，師的社會儀禮方面的地位，是非常榮突尊貴的，這也就是為何在當今世界上唯獨我們有為培養師資而專設「師範」學校的用旨。「為人模範」須先教人以道，在這樣的環境中接受教育的青年，即使對於「師」有不能容忍的缺陷，也不當對師採取暴力行為，毆打淩辱致死的。

毛澤東要打破掃蕩封建禮教遺毒，基本上沒錯，但這絕不是濫給學生生殺予奪之權，把「師」打死的權力。即使在西方，民主自由的國家社會，對於個人的獨立人格也是保護周盡，無論誰絕對不可任意逞兇糟蹋的。師的職責是「傳道解惑」，即使發現其不足以勝任此項神聖工作，在當今的民主法治社會，身為全國最高領袖的一個個人，怎麼可以鼓動無知天真的青年學生，去將「師」痛毆淩辱呢？再怎麼說，毛澤東的這種荒謬可惡的病態行為，就絕不可也不能讓他是「偉大的領袖」的。這樣的革命，簡直是開玩笑！中國人常說「人之異於禽獸者幾希」，則毛澤東是人是禽抑獸就應該可以自明了。

王文的最後說：「在一九九三年夏天，一九六六年時任職北京師範大學附屬女子中學的副校長胡濤說，她收到過一個學生寄給她的日曆和一封信。在信裡，學生為在一九六六年八月打了她的事道歉。儘管這是二十七年來她收到的唯一的道歉信，她表示她原諒了當年的學生。但（該校）有一位老師不同意。她說，道歉與否現在對老師其實都沒有什麼，問題在於這些學生，他們參與了打死人的事卻不道歉，他們還有沒有良心？中國的老師不教學生關於天堂和地獄的思想，但是人應該對自己做了的壞事有內疚感和負罪感。」就憑這一點，我們肯定地可以堅持毛澤東當年「造反有理」的論調太混帳了。

——一九九五年八月二、三日《中國時報》「人間」副刊

隱憂

當年我在臺上大學的時候，同學中有賺錢貼補日用的行業「家教」一行。雖說多為理工科的朋友優先獲得，但攻讀文、法科系的同學，也有以特殊原因而獲青睞被聘的。比如說，口才巧佳、儀表超人，或文史卓異不凡，或外語特好，都係豔羨爭聘對象。我的男同學中，就有如《西廂記》中張秀才獲得崔鶯鶯小姐慕愛，結果人財兩得的例子。這些都是在獎學金以外，自食其力的事。在老師方面，專任教職於某校，卻抽身撥空在他校兼課以利家計綽裕的也頗不乏例。當時同學對如此師長奉以「五馬分屍」、「地下組織」或「跳樑才子」等雅號，也都不在話下。

三十年後的今天，臺灣走出了經濟瓶頸，一般人民的物質水平大幅提升，「家教」一行我不知仍存與否，但至少在大專任教的師長，不必因「養廉」而混入「地下組織」了。我當年矢志留守的大學朋友，時下的生活都可稱極為體面，居巨廈、出有車的為數不少。他（她）們經常國際間行走，出手及派頭都端的有兩下子。除了教育界大專的師生上述情況外，在民間，女士們當年還有一幫傭的私人行業，俗稱「下女」。一般的中等收入家庭，人口在四人以上的，即使女主人並無外務者，也都可以負擔雇請一位女傭，燒飯、洗衣、灑掃的工作，便可以轉移了。但是，這樣的行業，在今日的臺灣，尤其是大城市，由於教育的普及和知識的晉進，已經不流行了。秋間返臺，在四弟家中便親證了這樣的實況。四弟夫婦都有公職，一早出門。家中九十高齡老母上下樓梯極令人擔憂。四弟說，他們早注意及此，但目前請人甚為不易，每月花五千元都找不到中意的人。有的應徵者認為他家中沒有「牌局」，領不到花紅小帳，故對五千大元工資不屑一顧。曾經請來一名中年婦女，粗枝大葉工作，草草了事，而堅持午前必要離去。四弟曾以老母需人全日照料請其酌情多留下午數小時，苦苦哀求，仍不果。最近看到臺灣電視新聞，報導國中男生竟有集體向女同學發動性攻擊騷擾情事，似乎也與幼小時家中白日無大人陪理有關。所謂「有關」，意指與「下女」行業之除馳不無因由，花小錢已經得不到邊際效用了。

前面說的在臺灣大專院校師輩當年在行外兼職的情形，於時下的中國大陸，就非常普遍。一九九三年我接到豐華瞻（豐子愷先生哲嗣）兄寄自上海復旦大學的信，他感慨地說：「校中求學空氣淡薄，畢業生均不想留校，願到合資單位或他處賺大錢。外文系（華瞻兄任教該系）骨幹教師或出國、或經商、或調離……，已呈外強中乾之勢。社會上一切均向錢看。」

上海復旦大學是中國當前的重點大學，外文系如此，他系可以推想。兩三年前，北京大學來此之訪問學人，我與他們談起，也都坦承學校「有等級、有辦法」的教員，紛紛赴國外各處淘金的情形。那時大家對於如此行徑，或多或少還有一點保留，只是「心照不宣」，還不至於公開坦認。可是，近時閱到中國大陸出版一九一期的《新聞自由導報》上的一篇文章，在描寫北京城內的（高校）兼職學者時，卻這樣寫：

北京高校的學者，以自己的實際行動，向所謂的「造原子彈不如賣茶葉蛋」的說法挑戰。他們走下講臺，在需要他們的知識與智慧的各個位置上，做一份稱職的兼職，拿一份自己滿意的收入。現在，這個兼職的隊伍完全的由地下發展到半公開甚至完全公開。從零星的幾個發展到無法估算，北京名牌學府的一些學者，更是這支隊伍中的佼佼者。北京大學的一位副教授對記者說：「我出去兼職，不只是為了給自己多找一些發展的機會，更是為了多賺些錢貼補家用。」確實，一個「錢」字，是許多學者走下講臺兼職的最初動力……，這些兼職學者，很快便在校院裡形成一個獨特的群體。

三、四十年前的臺灣，大專院校專職教員在外兼課的，並非沒有，但像目前大陸「很快形成一個獨特的群體」的現象終究沒有。兼職的教員，也斷然不會「由地下發展到半公開甚至完全公開；從零星的幾個發展到無法估算」。可以想見，不是我們武斷地評論，這般情況在人口眾多的中國大陸，高等教育的執行者目的只在賺錢，教育素質的一般性，便也可以不言而喻。

撰寫該文的作者，尚舉出實例說：「在中央音樂院任教的一對夫婦，兩人一個月的工資才剛滿（人民幣）五百元。夫婦二人同時兼職教鋼琴，由此賺的錢，他們為自己添了一臺電腦，裝上了電話。他們說，這樣信息就靈通了，寫論文就不會無有功用了，效率可成倍提高。他們坦率地對記者說：『如果我們都規規矩矩待在講臺上，買這些設備真是不可想像的。』在走下講臺的學者中，流露了一種心態——學校可以證明我的身分，而投身社會的兼職，則是在更廣闊的天地裡證實自己的才能。高額報酬是對此的一種承認方式。」

當年我在臺北讀大學的時候，政府每年舉辦高普考試，典試委員由政府在任職公立大學的教員中遴選禮聘。中選者也大都喜形於色，對於這種「外快」，揶揄地稱說是「黑錢」。而現在的臺灣大專教授顯然不再心口不一的稱謂那樣的酬勞是「黑錢」了。目前的臺灣，社會上手持「博士」、「碩士」牌銜奔走於大街小巷的人口可多了，如果還有在大專任教的人整日價就為了兼職圖快，其不被一槍刺下馬來，可乎？大陸呢？這位撰文的記者說：「北京高校學者的兼職，已在高校中形成一個特有景觀。有人說它促進了社會的發展，也有人說它亂了教師們的心緒。儘管眾說紛紜，但卻給人們留下了一個迴避不了的思索。」

我在此間任教大學的一位系中同事陳兄，最近方自上海探親歸來。據他說，現在上海的一位阿姨（即本文前面提到的當年的臺灣幫傭下女）每月平均約有五百人民幣（約合美金百元）的收入，吃住由東家安排。是此，我的九十高壽母親，四弟願意月付六千臺幣請人前來照料，而竟無人應聘，也許母親大人真該衣錦還鄉，去前呼後擁，風光一番了。

——一九九六年三月七日《中國時報》「人間」副刊

新西遊記

千島湖事件發生之後，凡是對中國問題稍具正常感覺及正義的中國人，都不免驚愕難以置信。一位朋友來信稱說：「臺胞及華僑在大陸，就像唐僧肉，人人想吃一塊，可以長生不老。你說可怕不可怕？」這個新比喻，的確可說是相當恰妙而又風趣。自然，其中所蘊含的悲涼味道，也就是在熱灼後所深感的了。

中國於一九四九年中共掌政之後，在港、臺及散布世界各地的海外華僑，一下子全變成了失根的蘭花。中共政權引導人民對前述各地非屬中共轄控地區的炎黃子孫，發出了劃清界線的吼聲。中共把所有海外的中國人，一律規劃為「外國人」。對這些外國人，中國不歡迎他們回國認宗及吸取中國文化營養。說得露骨一點，中國政府故意的對他們採取敵對態度，就因為他們沒有參與社會主義建國大業。不是嗎？在中共立國的頭二十年中，身在中國本土的中國人，有誰敢跟海外華僑親友聯絡者，不被黨方戴上帽子才怪！不被狠批狠鬥才怪！

可憐的流落海外的中國人，打拚經營，好不容易立足了，卻東望故國，漫漫有家歸之不得；有經濟能力幫助國內的親友而又不可。漢代的蘇武，流落匈奴十數年，「渴飲雪，飢吞氈……心存漢社稷，旌落猶未還。」將近兩千年前的蘇武，他尚可以「心存漢社稷」；而兩千年後的今天，炎黃子孫在海外爭得了諾貝爾大獎，為中華民族贏得了舉世光榮的僑胞，卻心存漢社稷而不可，這也太淒涼了些罷。

一直，大家都承認，中國人是最不數典忘祖的民族了，若干代身存海外了，他們卻仍以「華埠」為心靈的安棲之處，仍以「華僑」自居（而在中國的中國人也仍以「華僑」稱呼他們）。他們願意以其心志、以其財力，儘量幫助國人，可是中國為何要把他們一腳踢開呢？他們的名姓從未更改，他們的生活甚至思維方式，都那麼多代以來或多或少延承著中國命脈。他們在海外當地的社區受到排斥，受到歧對，受到冷漠、淩辱，受到奚落，受到嫉恨，受到壓抑，為什麼母國的政府還如此這般對他們趕盡殺絕？他們錯在哪裡？他們的先祖，或是為了政治因素，或是為了經濟因素，不得已鋌身走險，駕一葉之扁舟走向汪洋大海，去向一個不知的新世界討生活、求自尊，這難道是他們的錯嗎？他們在中國的時候，政府並沒有盡善責保護他們，而他們身在異域，則無時無刻不心懷故國，化悲痛為力量，他們以極大的信心勇氣和一切支援，輔助孫中山先生創立了新民國。沒有新民國，又哪裡來的中華人民共和國？中華人民共和國政府為什麼在立國的頭二十年中，那麼無情地對待華僑？

毛氏的獨夫統治終於解體了，中國終於承認國家民生的敗落了。於是乎至少在經濟方面要思向西方迎頭趕上了。於是乎，大批的知識分子出國進修了；於是乎，大批的留學生流向海外了，於是乎，中國大力向西方引進科技資金了。但是，不要忘了，西方人把「好處」貸給了中國，可是他們是要取得利益的。只有華僑，只有他們才抱著一份回饋的心願，在求取利益之外，還有一層血濃於水的奉獻感。

中國政府大概也看出了這點。但是，中國政府只把焦距罩在少數諾貝爾獎得主，或少數揚名國際的知名之士身上。很遺憾的，他們遺忘了「華僑」是指所有的包括上智下愚、黃臉黑髮、富貴貧賤的炎黃子孫。「華僑」並非一、二諾貝爾大亨及少數各界有頭有臉的華僑的特殊榮稱！於是乎中國的僑民政策走向了「雙重標準」的險坑裡去了。中國政府只善待頭角崢嶸的華僑，其他的一般華僑則成為既不是「真外國人」，又不是「真中國人」的二者之間的受氣包！

我說「受氣包」是千真萬確的。因為不是諾貝爾得主，因為不是頭角崢嶸，因為不能在財力上大大的支援報效祖國，於是乎這樣的受氣包回國去，得不到政府級的一切禮遇，也就享受不到連「真洋鬼子」都可以得到的保障！他們在中國一切的開銷都是「真洋鬼子」級的，但是他們卻沒有真洋鬼子的權益。真洋鬼子吐痰在地中國說不可能，而受氣包沒吐痰卻反硬被罰款甚或批上「自高身價」的莫須有的罪名！被無理折磨，最後被逼作出讓步，不願自毀大好前程而屈打成招。

對中國人民來說，由於政府的這種不同的接待海外華僑的政策，加上政府因轉移人民在政治上恐會興風作浪的顧慮而發出「向錢看」的指召，因此某些人民瞪著眼睛把沒有得到政府禮遇的「受氣包」海外華僑當成了唐僧，而看得紅了眼。於是乎，千島湖事件，以及一些個案的返國經商投資的華僑慘遭謀財害命的事件，就此起彼落了。

在古典小說《西遊記》中，唐僧為了去西天取經，攜帶了三個徒弟——孫悟空、豬八戒、沙和尚——同行。虧得三位徒弟的匡助，屢屢化險為夷。然則，今日的海外華僑（包括臺港的國人）如果要返中國大陸，不論觀光抑是探親訪友，就由於他們的「受氣包」身分，就因為他們是形單影隻去獨闖，就因為他們沒有孫猴子豬八戒等的護駕，而如果他們堅要返大陸好似西遊一樣，我願意在此奉勸一句：自求多福。自求者，不要聲張、不要表露自己的「受氣包」底子，「財不露白」，張大眼睛，張開耳朵，少吃多思，慎獨小心。這是一己個人可以做到的事。如果仍然擔心害怕，臨淵履薄之餘猶覺不妥，我建議參加「真洋人」的觀光團。這些白皮的洋猴子，極可能就是意想不到孫悟空豬八戒的化身。於是乎，您這趟新西遊記，就可以安心了，妖魔鬼怪就很難吃到你這唐僧肉了。

——一九九四年六月十六、十七日《中國時報》「人間」副刊

望春風——小鄧的定位

普林斯頓大學講座教授余英時先生麾下辦了一本以「臺灣基金」為經濟支持的雜誌《民主中國》。最近一期上面刊有孔之見先生的〈鄧麗君與大陸新音樂運動〉一文，暢論並評析了小鄧的流行歌曲於七十年代登陸中國大陸而為那裡數億人民熱愛的原因。作者在文章起首就說：「七十年代末的中國大陸，上下幾輩人從一個陰沈峻酷的革命夢魘中悠悠醒轉過來。抬望眼，依然是霧失樓臺，月迷津渡。正在此刻，一縷輕曼的歌聲，從深鎖的國門縫隙間飄逸地飛過來了——這就是鄧麗君和她的流行歌曲。」作者接著沈痛地這樣寫：

> 大陸青年所以被稱為「無歌的一代」，完全是幾十年頻繁而冗長的運動所致。呼嘯往還的革命戰車碾碎了一切，無論是道統文化還是坊間的流行文化，都在激沸的時代大釜中被煎熬得皮開肉綻，面目全非了。「大傳統」與「小傳統」一一掃地出門，人們的心靈空間便被一種粗糙、剛硬、沈重、沒有活氣的精神巨獸所盤據。它君臨一切，全面

支配著每個人的行為、思維、話語乃至呼吸！……自中共建政後，本係個人性靈之抒發的歌吟，竟被至為簡明地劃定成「歌頌性」與「聲討型」兩大類，基本調調卻同樣強橫硬朗。至登峰造極的文革時期，歌曲的功能進一步簡化，幾乎成了毛語錄、黨報社論、大批判文章的同類項和揚聲器。字字鏗鏘，有如一把在「階級敵人」的血泊中淬過火的鋼刀，更似紅色義和團的香壇上攻無不克戰無不勝的「靈驗」咒語。

這種上下清一色的革命歌曲，未想到竟在毛某人遽逝之後，及那個文化怪胎的時代猝然終結時，因政治母體已傾，於是乎戛然而止了。十億人民在茫然無措的失聲之際，鄧麗君的歌聲，猶如一劑清涼散，兼帶著一點鎮靜止痛的作用，一如春風甘霖，飄灑過這一大片秋海棠葉的焦灼土地，令人們耳聰目明心滌，造成了自中國共產黨革命以來的溫情大震撼。我們知道，坊間的通俗流行文化，在中國大陸，那時早被「革命」連根拔掉。諸如對於自然的禮讚熱愛、對家園親情的懷念、對景物的邅遞感喟……，全被革命的赤紅色彩掃壓下去了。面對人生的歎悟、面對兩性之間的歡愉情感，都被浩如煙海的欽定意識形態及對毛氏的狂愛兩把巨劍，斫砍殆盡。而鄧麗君又輕又甜又軟又媚又嗲的「靡靡」之音，竟將「革命」化了人間原應有的無限嫵媚柔情，發還給了情感被凍凝了的人民，「春風吹又生」。由重而輕，由剛到柔。大江南北，就在八十年代，無言地移風易俗，風靡了整個神州。老鄧的經濟改革在外，大鍋砸爛，騰騰殺氣被滌蕩一盡，而代之以有個性的千嬌百媚；風花雪月逼走了槍炮、子彈、紅日、豔陽，在人們心內甦復了的卻是小鄧的美妙歌聲。正如〈鄧麗君與大陸新音樂運動〉一文作者所說：「鄧麗君的歌，正在十億人民茫然而且失聲之際，如甘霖般灑落這片焦土，教人耳目為之一新。」

傾城傾國的小鄧歌聲，何以在海峽兩岸造成了那樣的震撼？特別是在臺灣，自其香魂縹緲以來，頃月的話題，都圍繞著她打轉。舉國哀戚，舉行追思紀念，各方人士敬致默哀者有之；塑立銅像，經造墓園者有之；政府授勛以光藝風者有之；各界呼籲郵局出版紀念郵票者有之；海內外紛紛舉辦鄧麗君歌曲演唱比賽者有之……一介女藝人，謝世時方四十初度，能夠在中國近代史上造成了舉國及海外（僑界的熱烈反響及友邦如格瑞納達(Grenada)之發行鄧麗君彩色紀念郵票數十枚）的轟動，不一定能說是「絕後」，但至少是「空前」的了。我們知道，中國的文學與藝術，一向可分為「載道」及「言志」兩類。或以道德文章、濟世匡時為己任，諸如儒家的四書五經、漢唐宋明以來大儒文豪之作，司馬遷、班固、揚雄、韓愈、朱熹，有宋一代道學文論，空疏不學的明代文風，降至有清一代的側重實驗的文論；或以兒女情長為謳歌，重視民間的一般情感及價值，諸如各代詩詞歌賦及小說雜劇傳奇等。質言之，前者在中國文學及藝術上僅占著極小的量的比例。反之，後者都直接來自民間的俗詞俚曲，即興多情，感悟歌吟的都是最樸真質美對於生命的詠歎與渴求，感悟瞬間喜怒哀樂飄逝眼底的意象。而小鄧的歌曲，也就是承繼了「言志」這一傳統，濃豔不失其自然，婉約而弗晦澀，輕柔而不佻媚，雍容卻不嫌膩俗。總之，樂而不淫，哆而不浪，掌握得恰到好處。漢族的民歌傳統，北方則高亢陽剛，南方則輕柔妙曼。這其中感情的隱顯濃淡，她都能夠適度詮釋出來。所謂「此曲只應天上有，人間哪得幾回聞」，應是不虛。

在中國大陸，小鄧的震撼就在於她的歌聲的移風易俗勁道。是她喚起了人們失去了的麻木了的本能與情感，是她鼓舞著大家去熱愛人的生命。她的歌聲解紓了人們心中的涸封，使重獲自由。她的歌聲把「個人價值」重新加以肯定和尊重。簡言之，那就是正常人失落了的普通感情的回歸。再往大處看，小鄧的歌聲，推動了大陸世俗文化的解凍與重生。拿她的聲質與伊儕輩及以後在臺的佼佼歌者相較，最大的不同，是小鄧的歌融入了傳統純中國風的唱法及用語唱詞與情感的敷陳，不似一般唱者大半借重西方輸入的樂理樂式及表達情感的唱法與感情的表白。共產黨推重的馬、列、史、毛論調，都是來自外界西土，而把中國固有的情感都逼到死角去了。小鄧的歌，就那麼美妙婉轉地縈繞在失掉聲音的中國人心上。她大成功了。這也就是我想說的她有的是一種「還魂」的力量，把十億如僵屍的人們甦活過來。

小鄧生前從未返過大陸。如果大陸的政權稍有雅量，願意為鄧麗君出一套紀念郵票，來感謝小鄧所激發起的真摯的人生感觸，和把中國來自傳統文化的倫理情感又放回到瘡痍的劫後故土，使萬古常新的功勞，那也就是對小鄧的人文歷史價值的公允定位了。我想。

——一九九五年十一月二十九日《中國時報》「人間」副刊

陰溝・陽溝

近來，我漸然對於跟長江有關的文學作品覺得意興闌珊了。不，其實應該說是「不忍卒讀」才好。因為，這條「浪淘盡千古風流人物」的大江，雖是依舊東流而去，卻已失落往昔的浪漫風貌，變成了既臭又髒的大陽溝了。

試問：當長江以如此的新形象映現在你緊閉著的眼幕上時，你怎麼忍心把美好的記憶膠片一刀剪掉，甚至全毀，而從此便把這樣的新拷貝存入影庫檔案？

試問：當污穢的江水自你曾被歷史文學主流所滌洗滋潤過的心上流過時，情何以堪？

試問：你還能夠從容展卷，朗讀〈赤壁賦〉，有「白露橫江，水光接天。縱一葦之所如，凌萬頃之茫然。浩浩乎如憑虛御風而不知其所止；飄飄乎如遺世獨立，羽化而登仙」那樣的逍遙麼？

朋友，我不是過甚其辭，而是沈痛、憤慨。文學筆法容或誇張，但不無中生有。然而，我現在要請你看看的，卻是事實俱在，連誇張的餘地都沒有了。根據中國大陸最近出版的《報告文學》刊物中〈只有一條長江〉一文，長江目前遭受污染破壞的嚴重性已經到了這樣：

工業廢水污染——情況極為嚴重。僅四川綦江七十六公里的河道上就有十六家企業，每天排出廢水五千四百六十二萬噸。其中含有害元素的廢水約占五分之一，達一千五百餘萬噸。江中死魚累累，隨處可見。

浮屍污染——人體、家禽、家畜、野獸浮屍隨波逐流，毫不罕見。航運部門不予理會，當然沒有清除計畫措施。任由腐爛，或任由魚鳥啃啄。

霧失津渡——長江兩岸工廠林立，煙囪排吐大量濃煙，經年累月由風力吹散遍布峽谷航道，沿江景觀遭受破壞不說，濃霧黑煙連鎖江面，常釀成輪舟迷航、觸礁擱淺事件。

生態失調——自上游起，濫墾江岸土地、濫伐沿江林木的結果，兩岸水土流失非常嚴重，導致生態失調。輪船夜泊江上，而翌晨發現擱淺的意外已經發生了。

該文又稱：從重慶到上海，沿江數百城鎮的億萬居民都靠汲水長江以維生命。拿黃浦江為例，這是上海市的水源，而此江十餘支流目前已如蘇州河一般，由於終年污染，既黑又臭。近年來，黃浦江全年惡臭期竟長達一百八十天之久。總的來說，萬里長江，從原先的如畫景觀，變成了今天的全中國最大最長的陽溝，能不令人喟歎！難怪此文作者在報導的最後這樣寫著：「不要把長江當作不要任何代價的天然下水道！」

「下水道」是「陰溝」，應該是埋設在地層下面看不見的。但長江之臭之穢人人可嗅可見，這是「陽溝」，它對於國家的形象，是毫不留情，也絕不給面子的。

長江已經如此，就遑論其他河川了。一九八〇年，有景色「甲天下」之美稱的桂林漓江，污染情形嚴重的程度到了江水渾濁，魚類大量死亡，魚鷹幾瀕滅絕。在引起外籍觀光客強烈反響之後，為了顧及外匯受損，才不得已採取措施。數年來先後關閉嚴重污染環境的大小工廠、車間等二十餘個，方將污染程度控制住，漸加改善。目前，漓江沿岸山明水秀的風景，才開始恢復。

那麼，讓我們來看看臺灣吧。

海峽兩岸，很多好的方面，兩者頗不類同；而不知何故，在有問題的方面，兩者幾乎八兩半斤。不講公德就是其一。臺北的淡水河及高雄的愛河，原本也是景觀秀美、風光浪漫宜人的，最後也都變成了「陽溝」。不講公德就是教育在知識性比較成功以外的徹底失敗。我們的教育（此處亦包括大陸共黨控制下的所謂「社會主義」教育），至少在過去，其實最重要的並不是對知識的重視，因為它並不尊重個人的獨立人格之培養和思考方式之建立，而最重要的在於黨的領導下的「集體服從性」之收穫。我們在學校推動「德育」，提倡愛群體、愛國家、愛社會的公德，但正由於沒有透過個人獨立思考認知，被抑制的個人獨立人格——「小我」，不能、也無法與社會、群體、國家（政治性的）——「大我」去協調、認同。一切都流於紙上談兵。這種未經在得到個人尊重下之自我覺醒，而主動向「大我」游移，凝聚為大我之一點的「小我」，實際上是排斥大我的，尤其是在「利益」的前提下，更格格不入。所以，滿嘴巴仁義道德，和一肚子男盜女娼永遠是矛盾不能統一的。因此，我們的大學校友，不論如何成功，最不樂意為之的就是斥資興建房舍和設立研究基金捐贈母校；大企業家最吝嗇的就是振興文化；行人走在街上，不論如何熙來攘往，就是目中無人；開汽車的，就是會罔顧交通規則，硬闖紅燈，硬開快車，亂擠亂鑽；到處就都見爭先恐後，大呼小叫；公共場所，不論什麼場合，就永遠鬧嚷嚷、亂糟糟；留學生就想盡法子學留……等等等等，都是長久以來，在漫天大雪地毯式覆頭蓋頂的「德育」下，冷感反應的說明。

公德教育之失敗，乃造成嚴重的大公害。陽溝一說，不過其犖犖一端罷了。

所以，如何變「陽溝」為「陰溝」，建立完整的地下水道系統，正跟我們的教育應該加以檢討，重新建立基本方式是同樣的當務之急。我們今後的教育不是鼓勵升學，而是要培育出有獨立思考判斷能力，有獨立人格、自動自發，願意凝附於大我，健全而有自尊的小我。否則，黃河很快就要成為第二條「大陽溝」的！濁水溪就會濁穢得一塌糊塗的！

——一九八九年《中國時報》「人間」副刊

開門

中共當局終於作成了決定。把北京天安門城樓的大門對外開放了。

這自然是基於「經濟利益」上的考慮而作成的政治決定。因為凡欲登樓一望的人，必須付出相當美金八元的登樓費。這對一位到中國旅遊的外賓來說不是大負擔，可是對大陸同胞而言，那就是一份每月正常工資的十分之一了。雖然如此，這次中共的決定竟然並非純屬優渥外人，讓國人也得沾光，總是進步的現象。人民有機會站在城樓之上，或玩味一下諸葛亮坐空城撫琴計退司馬大軍的實感；或對於何以當年毛氏在那裡鄭重宣布「人民共和國」的誕生，但至今人民一無權力而完全受治於黨的問題，來稍作省思，應該是更具深長意義的事吧！

早在中國歷史上先秦時代便已產生的「民為貴」思想，從來就只是學者史家在論述政治學術思想發展史時，筆下紙上口中所描寫的空洞對象。自秦皇一統天下後，一直到二十世紀八十年代今天的臺灣島上，才見到啟塵封後的幽光，就不能不令人感慨萬千了。

其實，一個國家果真以民為貴的話，無須在國名上標出「民有、民治、民享」(People's)

字樣。否則，有名無實，亦不過羊頭狗肉，徒貽人笑柄罷了。我們看美國，無論你走到哪裡，大城小市，都一片「府民一家」熙和現象。尤其是首府華盛頓，「雖然是莊嚴肅穆，但並無拒人於千里之外的意思。住不上幾天，就發現此城對任何人，不論其膚色、種族、身分，都同家人。」（吳魯芹著《美國去來》）這種敞開大門，「閒人請進」，以示真正「天下為公」的精神——其實說成具體積極表現更好，才不流於紙上談兵或口頭終日呼嘯自詡的「怏怏」，這才是令人豎翹起大拇指，從心裡發展到行為上的心悅誠服的欽敬。

我沒有到過美京。但是，我從電影上、圖片上、文字記載報導上，卻看到了那一片祥和的景象：人民參觀白宮和國會，就跟自由出入外婆家的大門一樣。吳先生那句「但並無拒人於千里之外的意思」，最使我感動。閉上眼，不禁回想起二十餘年前我離開臺灣時的情景來。早秋某日黃昏，我從中山南路的教育部辦完出國手續，要步行到重慶南路一段的書店去看看，在行經公園路和介壽路的路口時，正好遇上總統府降旗。一列穿戴齊整持槍的儀隊走到府前，小型樂隊奏起軍樂，立刻所有府前路上的行人及車輛都在原地停止致敬。我望著總統府高聳的樓尖，環視彩霞滿天，忽然心裡覺得緊熱。但是，咫尺天涯，總統府予我的印象雖是莊嚴肅穆，卻似在千里之遙。那時，人民是不可以趨近瞻仰的，連自由拍照也是禁止的。不但對總統府如此，即連一個警察分局，其四周氣氛之莊嚴肅穆，就使人不敢隨意走近甚或張望。

八十年代的臺灣，景象一新，至少人民對警察局不像既往那樣望之生畏，而人民也可以自由在總統府前參加升旗致敬的集體活動了。

從滿清積弱，強權帝國侵占中國以來，自尊心的喪失使我們有對外人一直禮遇的心理病，髣髴大門一朝被銅頭鐵拳搗開，就再也關不上了。毛澤東雖然硬把大門關上了，那也是在心理失據的狀態下為之的——關起門來做皇帝。因為，對人民來說，政府對內的後門也一直堅牢地關上了。毛氏死後，為了因應情勢，對外的大門重開，涼風引入，一舒憋氣悶熱，這是對的。但，要想通體舒暢，恐怕得把後門也開開，吹起「過堂風」來，才是解熱輕而易舉、惠而不費的上策！但願天安門城樓的開放，是由實而虛，即將在政治思想上進一步開門的象徵。當然，期望全面大開放自然是不實際的天真想法。不過，如果開了縫，可以先涉足，其後伸腿、探頭，進身就不難了。臺灣在這方面已經有了成績，值得鼓舞，也值得中共當局作為開門借鏡。

鄭板橋先生有一首詩寫得好：「晨起開門雪滿山，雪晴雲淡日光寒；檐流未滴梅花凍，一種清孤不等閒。」老百姓每日晨起開門，如果看見的都是雪峰、寒光、淡日、凍梅，出門維艱，於是無可奈何只好以「清孤」自賞，像宋代詞家朱敦儒所寫的「人已老，事已非，花前不飲淚沾衣。如今但欲關門睡，一任梅花作雪飛」那樣，就很是糟糕了。

中國大陸上，人民必須「走後門」才一切行得通。要是政府把後門大開，對人民大公無私，一無所忌，怎麼還會有後門可走呢？誰還用得著走後門呢？

——一九八八年一月六日《中國時報》「人間」副刊

粉飾

美國《華盛頓郵報》發自中國上海的一則報導說：「在上海市中心，離共產黨黨部不遠的地方，穿著時髦的婦女，正等待著美容師為她們化妝。她們之中有些人要把眉毛染黑，有人要把睫毛弄捲，也有些人要把臉蛋上塗畫星星月亮——夢樣的幻化。」看了以後，我不禁笑了起來。我的笑是熱嘲的，也是淒冷的。是「熱嘲」的，是因為這家名為「華安美容院」的店，開設在全上海市最最繁華的南京路上。它創設於民國初年，其初始只為豪富及外國人士服務。當年國父孫中山先生亦曾為該店上賓。而七十年後，想不到竟為「人民」——社會制度下的人民提供「資產階級」的生活方式及意識了。是「淒冷」的，是覺得中國的婦女，在過去的四十年中，不必說犧牲了一切，就連愛美的這點「天性」也被革命革掉了。她們捐棄了一己個人的觀感，要把自己搞成橫眉豎眼的紅色娘子軍，讓那些高喊革命口號的政治領導過足了革命癮，覺得紅妝都是革命魂。而在一九六六至一九七六這如火如荼的「十年浩劫」文化大革命中，只要穿著西式服裝或臉上有少許化妝，都會招來無法無天的「紅衛兵」把他們當成「資本主義走狗」狠狠毒打辱罵。那時，所謂「毛裝」是全國上下一體不分男女的共同服裝。想不到文革後不到二十年，風氣丕變，領導人個個西服革履，而婦女們盡可能地拋棄毛裝，就像《華盛頓郵報》上這則報導所說：「時髦和美觀不只風行於上海這個大都市，事實上，在中國大陸上各主要城市的街道上，濃妝豔抹、擦指甲油、頭上梳著新髮型的婦女觸目皆是。」年輕的婦女們較之她們的長輩們幸運，有機會也有權力追逐這種曾被政府斥為「資本主義的靡爛腐敗思想」所領導的「人權」了。

其實，早在十年之前，我就窺出了這種中國政治喜愛高喊口號，搞「粉飾」的毛病，而且見諸白紙黑字了。我在一九八一年六月二日，自訪問中國大陸返美三個月後所寫的〈八千里路雲和月〉小文上，就有這樣一段描寫：

我在機尾一個女乘務員（按，即指「空中小姐」）旁邊的空位上坐下來。

這位身材容顏都稱姣好的同胞，側首對我一笑。……我不願意把時間浪費在無聊的應酬話上，索性稍顯唐突地問她燙髮和塗唇膏的事。

「這也是一兩年來才可以的。」對方扳弄著指頭說。

「下了飛機，就這樣上街嗎？」

「不成！」她笑了，「口紅得擦掉，項鍊也得摘下來。」她探摸胸前懸垂著的一串廉價珠圈。

我告訴她，像她這樣大波浪式的頭髮，只塗淡淡唇膏而不加其他的化妝，實在是很夠大方樸素。

「本來嘛，這根本沒有什麼。四人幫時就是不可以。」她把嘴唇鼓翹起來。

我問她如果四人幫又復辟，她現在的打扮是否要還原。

她沒有正面回答我，只說：「像我們這樣打扮，跟實行社會主義、推行四化，有什麼關係？」

有什麼關係？完全沒有關係！這位年輕的天津籍女乘務員說的可真是由衷之言了。大陸上提倡反奢侈反頹廢，主張樸實無華的作風並無不是。但，若認為不塗唇膏、不燙頭髮，才是積極表現對社會主義由衷的熱愛和支持，則是強詞不能自圓其說的。口口聲聲「人民」、人民長、人民短，人民這、人民那，人民可總沒有表白的自由，人民的頭上總有「人上人」，總有人上人手裡的黨。人上人沒有好好的「為人民服務」，處處表現顢頇、跋扈、逞強、壓制、腐化，卻一味自誇是一切為了人民。抹煞人（民）性，唯物得視民為物，大概是共產主義最最根本上不能被我接受的方面。

這是十年之前。如今，中國民航上的女乘務員，似也不必在下飛機時卸妝了。不但如此，就連共產黨員們也都覺得那種僵硬可厭的教條宣傳是「乾糞橛」了。他們知道那樣的顢頇、跋扈、逞強、壓制、腐化，卻一味自誇一切為了人民，是「此路不通」了。這則《華盛頓郵報》的報導最後也說：「一九七〇年代末期，中共實施經濟改革與對西方開放門戶後，風氣漸開，時髦與美麗的標準，深受西方潮流左右。時至今日，雖然共產黨死硬派的領導人極力避免大陸受西方影響，但是他們心裡有數，知道從此以後，再也無法控制大陸十一億人口的服裝款式了。」

我想提出的問題是，為什麼中國搞政治的人，自己也知道這樣「強姦民意」的愚蠢，知道連自己也不相信不同意，卻硬要偏偏如此呢？這基本的原因就是利用愚民的愚頑思想的可塑性，「托古改制」來達到一己私慾。托古改制可能是儒家道統派推行思想、深化教育的一種方針，於是以下的人就代代相沿，不問青紅皂白的硬來，也要藉古人來顯威風了，以為這樣就「粉飾太平」了。「為人民服務」原來是很好的很邏輯的一句話，只要政府不以之為名為亮晃晃金科玉律的宣傳，少說多做，那豈非不好？為什麼認為一旦說出這種冠冕堂皇的政治術語，只要嘴皮子功夫，就可以粉飾太平呢？粉飾太平可能是搞務實精神的西方人最不能苟同的一點。我在海外二十餘年，對於中國人這種唱高調的作為，知道得清清楚楚，那就是洋人覺得太可笑了，太幼稚了。他們批評中國人最不實際，不是沒有道理的。其實，中國人不是不實際，而是教育一直不普及，人民不能自由思考，總是賴別人代為思考，於是就心甘情願的被牽著鼻子走。

共產黨知道強把西方的思想加到中國人的腦袋瓜裡是不容易的，於是就到中國傳統思想中尋找藉口，來製作一頂大帽子，讓每一個人都戴。這一兩天，剛當選蘇聯俄羅斯共和國民選總統的葉爾欽氏，正在美國官式訪問。他當選後即曾表示：「共產主義無可藥救，已經徹底完蛋了。」這就表示西方人到底與中國人不同。他們實際，看出不行，於是就不諱言地去改。不像中國人，中國大陸的當權派，還在搞什麼「四個堅持」，還在大唱共產主義優越論，這種「粉飾」的形態仍不脫，怎麼得了！

——一九九一年八月十四日《中華日報》副刊

發揮嘴巴的不實功能

有「中國的沙卡洛夫」之稱的科學家方勵之教授，最近在義大利接受了一位西德記者的訪問。他說：「自然科學是我的信仰與目標。愛因斯坦也說過類似這樣的話，我們有義務走向社會。假如我們發現一種真理，但社會並不接受時，就是我們必須介入的時候。義大利天文學家伽利略(Calileo)便是一例。我們負著這種使命，所以我走入社會。」方氏之言令我欽敬感動。

但是，像方勵之先生這樣的知識分子太少了。在中國尤其少得出奇。

中國知識分子最大的本領髣髴就是「識時務」。認為這是「識大體」，於是稱這種人為「俊傑」。俊傑中百分之九十九大約都是獨善其身的，他們越名高望眾，往往越謹言慎行。謹言慎行自無不是，問題是當該說話、大聲說話的時候反是柔音細語，甚或沈默不語；該有所行動的時候總是「稍安勿躁」，「事緩則圓」，「一動不如一靜」。找藉口，這就是中國知識分子的高強本領，成語俗語古籍中疊千累萬，隨手拈來就把自己開脫出局，反落得一個穩重有修養的美名。所以，像蘇聯有知識良心的作家索忍尼辛中國有，但是像索忍尼辛那般為真理目標而嚴苛批判其生存環境、其政府制度控制下的根本思想模式的，我們沒有。誰敢，誰就是叛逆，誰就是異端，誰就是惑眾。因此，敢講話、有作為的人實際上都不是名高望眾的人，而是些小焉者。

「禍從口出」誠然。但如果這是一個藉口，把該說的都擋了回去，則中國的社會永遠只能期待「時機成熟」自然應變，是永遠沒有辦法急起直追大改的了。大家都說「不差我一個」，於是永遠沒有一個挺身而出說話的人。大家都談吃、講吃去務實，嘴巴用來說話——說該說的話——的不實功能便日益退化了，中國人給世人的印象就永遠是重吃的民族。

把成筐成籮的成語俗語都從腦子裡排掉，騰出地方來好做靈活的思考，這是中國高級知識分子當前當為之事。絕不要說「不差我一個」，要用「就」字把「不」字換下，說「就差我一個」。於是，說該說的話的機會越來越多，以至於欲罷不能，談吃講吃的機會就越來越少。當嘴巴的不實際功能大大發揮以後，中國就是一個真正實際的民族，國家就有美好前景。

——一九八七年十一月二十五日《中國時報》「人間」副刊

雞說

美國速食業巨霸之一的「啃大雞」炸雞店，新近在中國大陸北京開了分店，樓高三層，設座五百，號稱「啃大雞」全球跨國速食店中之最。尤有甚者，店在天安門廣場一角，食客登樓，一手啃雞，一手遙指，近望人民大會堂、人民英雄紀念碑及毛氏停靈之處；遠眺天安門城樓，落日餘暉，聽人潮、觀勝景。收視聽之娛，享口腹之美，真可謂達於情極了。

天安門廣場乃北京核臟所在，是表徵國家尊嚴形象的地方。如今竟被代表美國文化帝國主義的大雞啃去一角，不能不予人些許「文化租界」的憂忡。難怪該店開張之日，連食客中一位丹麥籍的外賓也略有感慨地說：「聞風而來，純屬好奇。我覺得是把標誌國家具有歷史性紀念性場址的氣氛，多少破壞了一點。」「多少破壞了一點」是基於禮貌，私底下是搖頭無限感慨吧。想當年，毛氏在天安門城樓上，代表被列強欺淩、被侵略者蹂躪奴役過的幾億中國人民，莊嚴地向世界宣告新中國的成立，高呼「中國人民從此站起來了」。曾幾何時，連半個世紀都不到，中國險些被毛氏瘋狂的作為所毀。中國人民則不但沒有站立起來，簡直成了魯迅筆下被打折了腿、屁股底下墊了草蒲團，在北風大雪中消逝的孔乙己。

但是，這一切都過去了。歷史的無情雖喚不起現在的熱情，文化帝國主義的「啃大雞」創始人桑韃子上校的笑臉，卻正對著遠處天安門城樓前懸掛著的毛氏遺像，展著勝利的笑容，將中國人的大把鈔票撈進門去。吉日開張那天，北京副市長及美國大使都蒞臨致辭，接著舞獅表演，鑼鼓喧天。如此隆重，真令人有拜在雞肋之下，淪為文化屬國之感。那麼，中國人民，每天估計有兩千到三千的食客，他們對盤踞在天安門廣場一隅的這家「啃大雞」店，究竟作何反應呢？下面，我們引用《洛杉磯時報》記者在該日該店採訪一位中國工程師和另幾位食客的報導，來舉一反三。那位不願透露姓名的工程師說：「雞肉很嫩，價錢公道（按，兩塊炸雞一個麵包，售人民幣五元四角，相當於一個工人全日工資）。中國飯館大都下午不營業，沒有這裡二十四小時的方便。衛生條件和服務態度也是我在外面吃館子重視的項目，此地也比中國飯館強太多。不擔心吃了鬧病，不必看服務員臉色，老子花錢不找罪受。」這大約可以說是食客心聲了。至於該店的地點是否破壞了市容、破壞了天安門廣場氣氛、破壞了國家形象，破壞了……等等，不但此公隻字未提，連記者訪問的另外幾位食客也沒說。他們只說，在北京吃館子本來就不便宜，這間「啃大雞」店卻比一般北京現代化講衛生條件的中國飯館便宜。可見人民早就患了政治冷感症，什麼文化、尊嚴、歷史……都是奢侈，現在一切講「實惠」了。

對我而言，哪一天，倘若北京（甚至於全中國各地）的飯館都建起了現代的房舍，考慮到了衛生條件，全日營業，服務良好，講求效率，價錢公道，讓人民真正覺得吃館子是一種「花了錢值得」的享受；而食客也吃得從從容容，沒有其他食客在你座位後面排長隊現象，也不必爭先恐後搶座搶菜，能夠充分表現「文化」的時候，也許就是「中國人民從此站起來了」的時候吧！

——一九八七年十二月五日《中國時報》「人間」副刊

新種

中國有一句俗話說：「窮要窮得硬朗。」之所以有如是說，正因為人一窮而骨易軟，為了養生，許多原則便顧不得了，很容易變成寡廉鮮恥的。能硬往轆轆飢腸吞口水嚥空氣，挺住「嗟來之食」的引誘，說來不難，當身臨其境時便難於掌握了。節因時窮而見，就是此理。不過是文雅一些的說法而已。

中國大陸在七十年代中美關係開始解凍後，人民跟海外久隔的親人建立起所謂「海外關係」。返鄉親人中十之七、八都有面對餓殍的尷尬慘痛經驗。回國省親倒似為國際救濟總署做賑濟工作，有的滿載而去只剩下一套蔽體的衣褲，赤手空拳返來僑居之地，並不是誇張的形容。

但是，這些都還可以諒解的。若是如此鮮恥現象屢在知識分子階層出現，那就該被視為如顧亭林先生說的「士大夫無恥是為國恥」的隱憂，而覺得難以理解了。

最近有朋友自美國中部來，告以中國大陸留學生在學二三事，聞之不禁啞然。

第一個小故事就發生在吾友身上。我的朋友在某大擔任中國近代史教席，在其討論班上有位來自大陸的女研究生，她在來美前原是某一大學講師。該女士屢次以中華大國的驕民姿態，指責「外人」對中國歷史欠缺知識與誤解之不當。言外之意，吾友是不足以勝任此教職的。我的朋友好言向這位女士解釋西方學者對歷史之態度是一向採取懷疑而絕不盲從一說，當用綜合比較研究態度力求客觀。這當然刺傷了她在僵硬自妄「一言堂」作風下長久培養出來的「尊嚴」。於是乎在得到學期總成績B^+之後，竟咆哮課堂，潑婦般口出穢語惡言，大罵吾友，最後被校警強行「帶」走。

第二個故事顯示了大陸青年知識分子受文革荼毒的自私可怕。某大陸研究生將某科目教授指定閱讀的參考書悉數自圖書館借出獨用，其他學生只好俟該生初借到期歸還時再說。殊知到了該生理應「悉數」歸還的時候，只還了部分，其餘報失。及至校方追索罰金時又忽然「尋獲」。

第三個故事可能會令讀者有「反胃」之感，也與我的朋友有關。某日，我的朋友跟幾位來自臺灣和大陸的年輕同學閒談，話題觸及擇交異性朋友事。大家逐一娓娓陳述己見，內容不外如何如何。到了某大陸青年女學生時，對眾人先則嗤之以鼻，繼之譏以「裝蒜」、「言不由衷」、「虛偽」、「假道學」……等等等等。終而以豪語曰：「我交男朋友不為別的，就為了性。我從來不交亞洲人男友——自然包括中國人，因為他們沒有驢大行貨，也沒有一身體毛給人的原始刺激感。」聽者有人詢問何以知悉某人具否如此條件於事先，該女生仰天大笑：「虧你問得出來。我連這點本事都沒有的話，還會站在這兒跟你們談這個話題嗎？」

當今的世界，人為的災害已經使許多生靈物種(species)瀕臨絕滅了。如果毛澤東再多十年陽壽則文化大革命便會再革上十年，恐怕歷史上「中華民族」這個種族，也就因革而滅絕，永遠成了一個歷史名詞。可歎的是，十年浩劫的結果，似乎一種變種的中國人正在衍生。站在科學的立場，就名正言順的當以 new species 名之罷。

經濟上的貧窮不打緊，「倉廩實而知禮節，衣食足而知榮辱」，管子早就說過了。但是，如果不是國家民族的國本民本，易言之，是「文化質」的貧窮，休說四個現代化都實現了也沒用，十億個現代化都無濟於事的。

——一九八七年九月二十八日《中央日報》「海外」副刊

臉

七年前去大陸，三個星期走了六省十城。十城中包括了北京、上海、重慶、武漢和南京，都是人口稠盛之地，理論上似可說閱「人」多矣。其實，套用一句那邊官方的政治成語，卻並沒有「深入廣大人民群眾」。

我是隨一個七人小團前往的。我們經主方「核定」使用的名稱是「美籍華人作家訪問團」，顧名思義，當然目的端在「深入廣大人民群眾」，或至少應該跟那邊的「作家」有某種合理程度的接觸。可是，在一切都經官方妥善安排的情況下，我們的眼睛、嘴巴和手腳都不能純由自己主動掌控。因此，接觸面無法廣大，訪問層無法深入。

斯時的大陸「作家」，僅指官方認可具有一定水平、經納入組織（中國作家協會）、享受俸祿的作者而言。為數相當有限，年紀大約在三、五十之間。他們大多是文革中受驚被屈辱的知識分子。其創作自由，也僅能在官方認可限度下，正面作出對劫後傷痕的微弱哀吟而已。雖如此，我們並無機會面對面地看清每一張傷痕累累的苦臉。當然，我們亟欲相見接觸的，至少我們認為是作家的一批富有才情活力的年輕人，比方說像寫朦朧詩的那些「地下作家」，卻根本冒不出地面。官方打著哈哈輕描淡寫地連連說著「不成氣候」的話就一筆帶過了。那些可能是蒼白的，但也極可能是憤怒的、正義的、赤紅的，代表著希望的臉，我們一張也未見到。

我們所看到的，基本上還是（有些我們在美國已經見過的）當年文壇大老的「大臉」和「老臉」。他們文革大難未死，獲得平反，從被害者一變而為可以配合國家新政策的受益人，紛紛出國作秀。他們都經安排，嘴邊上掛著幾句彷彿相聲演員或京劇小花臉可以隨時編詞但無傷大雅的明罵。與我們相見，可以說一團和氣，縱情古今，算得上暢言了。

在北京和上海，主人為我們安排了兩場人數不少的座談會。先由我們七人輪流介紹臺灣（包括海外）文學古典和現代兩方面自一九四九年「斷層」以後的發展和動向，以及世界漢學研究之一斑。不過，到了聽眾踴躍發問的時候，竟是早春三月見寒蟬的場面。我所看到的，是由千百張有血有肉有情的小臉拼合成的一張巨大木然的面孔。

當然，我們也看了無數「官臉」。一般地說，都是毫無個性的，彷彿戴著面具。大概沒有人會對那樣的臉留下過目不忘的印象罷。我也並不例外。

最讓我過目不忘的臉是「民臉」，在重慶。那天晚上，星光黯淡。我們雜在密稠的穿了同樣灰藍衣衫，同樣一無表情的人群中；走在兩旁店鋪都已關閉、沒有色彩、沒有光亮、沒有音樂車聲話語的街上。無數張我明知都有百家姓中列有姓氏的中國臉聚集在我四周，默默地看著我。我彷彿是身在衣索比亞或孟加拉無助的善良人民群中，甚或是在一個不同的星球上。我變得無力，我開始懼怕。那樣驚心動魄的感受從未離開過我，一直在血管中循環著。

——一九八八年十一月十八日美國《中報》「東西風」副刊

新年祝酒

新年前後，難免有一些酬應。吃得盛了些、多了些、樂了些，自然酒也喝得頻了些。

我的酒齡，說來也有三十餘年了，不能算短。其間也曾大醉過數度，卻都不是「澆塊壘」及「穿陽」的那種愁酒。雖然我的成長過程適逢世亂，不折不扣的歡樂並不多，總覺得酒是一種助興的東西，便應該跟「樂」走在一起。也許因為生性基本上屬於樂觀，故不論獨酌或聚飲，皆是「喜」酒。最得意難忘，也極是尷尬疚慚的一次，是新婚之夜對喜酒竟未能淺酌沾唇，而痛飲過量，最後臥倒醉鄉。朦朧醒來，渾身慵懶，燈下覷看尚未卸妝的嬌娘，正在忙著打點鬧房人散後留下的寂寞與狼藉，分外端麗媚嬈。

聚飲當屬於年少氣盛英發的豪舉。豪乃由於容易激情動氣使然，其實是不十分得到酒中深味的。深味來自生活閱歷。進入中年，過了五十，日月陰晴圓缺，人生悲歡離合大皆有了感受，故不論獨酌或對飲，都不外一杯生活酒露，慢慢品呷，情趣便盡在其中了。所謂「茶要新，酒要陳」，勢必稍上茶齡酒齡的人才會了悟。這樣看來，酒本身和知酒，都與年歲攸關。

曹孟德如若不是為霸業雄圖所苦縛，大約也不會那麼強烈感受到「對酒當歌，人生幾何？譬如朝露，去日苦多。慨當以慷，憂思難忘。何以解憂，唯有杜康」的驚心了。陶淵明如若不是辭官「歸去來」，恐怕也不會慨歎「覺今是而昨非」，詠出十首瀟灑有情有理，意味深永的飲酒詩來的。

曹孟德所飲的，是為澆塊壘、銷萬古愁的滿杯苦酒濁酒，質言之，這是庸人自擾。陶淵明的飲酒是陶然忘我，「一士長獨醉，一夫終年醒」。他為了要在亂世全性命，同時又要珍惜一個「士」的志節，於是近酒，以酒相忘。縱使因酒了悟許多人生哲學，看似怡然，基本上仍是為「澆塊壘」，取得心理平衡而然的。無論如何，曹、陶二公，都不是環境糟糕到險惡難以自持而近酒。然則，「文化大革命」期的中國，竟真成了環境險惡糟糕到需要忍受人性摧殘達於極限的煉獄，億萬人陷入連但欲近酒澆塊壘、長獨醉以解憂都不可的困苦哀絕，似乎酒的存在與否和環境之間已無任何相干了。

最近讀到一篇中國大陸當代著名女詩人舒婷的散文。寫到「文革」期中親人、友好無助的痛苦悲哀，都藉酒淡淡著墨，令人無限淒涼神傷。她說：「媽媽和外婆都是憂鬱型的，真正開心的時候極少。我是那麼愛看她們展顏微笑的樣子，那是我童年生活的陽光。」可是，「文革」浩劫，外婆老了，極少展顏微笑了；基本上不喝酒，只遇上大慶抿上兩口的媽媽，竟然在一次「五一」勞動工人節工廠聚餐會上,「不知自己重疾在身,別人也不知道,酒後痛陳思女之切,聞者落淚。」那時作者和妹妹下放勞改在山區,兩地遙隔,也無時無刻不在巴盼著童年生活中的陽光。但是,舒文中令我悸顫難以置信的,卻是她對聚眾豪飲、慷慨鷹揚場面的冷酷描寫:「我在下鄉時經常和同伴『大頓』,也和農民『打平伙』。中國人的勸酒是世界獨一無二的,與『文革』的逼供信一樣使不少人就範。我因不喜酒,每次先就裝醉。」鬧酒的確是中國人不知起自何時的傳統,也許在西方講求個人的社會裡,看來不免匪夷所思,但大夥聚飲終究是以示干雲豪氣酣暢淋漓為快事。聚飲的佳妙處也就在此。本無任何惡意的,卻被作者視為一種難堪可怕的迫害行為,「文革」對人性的摧殘真是砭骨穿肌了。舒婷在文中說,那一次,她是獨醒收拾殘局的人。她之所以不願一醉解千愁,固然是因為不喜酒,也「瘦骨嶙峋」不勝酒力。但,真正未道出的原因,怕是醉後醒來發現仍陷現實無以解脫的更大難堪的空虛寂寞吧。

「文革」終於過去了。政治平反也過了,知識分子政策也落實了,「現代化」的口號也叫響了。但是,「四個堅持」足足實實地打碎了多少人最後剩下的一點希望,舒婷和她的夥伴們所喜見乍現的陽光又被厚黑的雲層遮住了。於是,有志的中國青年人,想盡辦法絕意離去。她的一位有二十年友齡的夥伴獲准出國,大家給他餞行,這一回她勉強自己多喝了幾杯。待那位朋友走後，大家又聚起來喝酒，「這才感到真是空虛。」她說，因為「那人是我們這群夥伴的靈魂，他的堅強、溫柔和熱愛生活的天性，一直是我們的鏡子」。一個與夥伴們患難與共二十年，浩劫餘生，有著那般可貴的天性的人，竟然抽拔掉夥伴們的靈魂，奪回了親手相贈的明鏡，絕情而去，為的是不忍再見夥伴們存有仍可重見一絲陽光的希望，讓夥伴們在黑暗中看不見自己，因無靈魂而可以沒有精神痛苦的生存下去。這等處心積慮，是絕對需要超人的勇氣的。而在大勇的後面，他卻隱藏了何以堪的椎心痛苦，抑制了如咆哮黃河即將決堤的淚水啊！

舒婷的感覺，是如此撼人，因為她在「文革」的煉獄中再苦，尚覺黑暗中的充實；而如今物質環境較之文革時期是「大躍進」了，她卻「空虛」起來，「真是空虛」起來了。「哀莫大於心死」，這大約就是時下中國大陸知識青年的心聲吧！不是嗎？舒婷本人在此文的最後，就是這樣寫的：

> 我們一邊為離去的人頻頻乾杯，一邊川流不息地到樓下小食店打酒。我第一次不覺得酒是下山虎了，也許它已下山得逞，不像從遠看去那麼張牙舞爪。可是我仍是渾沌不起來，直到一個個都擊桌高歌……這一天之後，卻因酒使原有的胃潰瘍併發胃炎，再

加胃出血。大夫嚴令再不許喝酒，自己也被胃痛折磨慘了，從此滴酒不沾。唉！只好等到耄耋之年到來。幸虧為期不遠矣。

一個年方四十左右，創作力旺盛正值巔峰的作家，竟然有了垂垂老矣，耄耋將至之感，這就大大增強了悲劇性淒絕感的濃度，也說明了在那塊九百六十萬平方里神州大地上，所有的「渾沌不起來」的善良人民最大的悲哀。「文革」時期，因寫《海瑞罷官》歷史劇而導致被毒惡批判終遭迫害身死的名史家吳晗，在其〈論老當益壯〉一文中說：「中國人民智慧、勇敢、勤勞刻苦，是從來也不肯服老的。」文章成於一九六〇年（「文革」前六年），旨在鼓舞知識青年奮力大幹一場。卻萬沒想到自己就因為貫徹「老當益壯」哲學，要大幹一場而送了命。誰也更沒料到「文革」二十年後的今天，知識青年大都年少心老了。多大的諷刺！

就在我讀了舒婷的散文次日，一九八九年元月四日，在校園內遇見了那位來自下放內蒙窮鄉，頗為熟識的大陸留學生T君。問及近況，笑說博士論文已著手，年內可以寫就。

「畢業以後打算呢？」我再問。

「先來一年博士後研究。在美覓教職是不可能的。」

「博士後以後呢？」

「回去在我原先的學校養老唄！」對方的京腔回答清脆蒼涼。

今天已經是新年的第七天了。是星期六，四下靜悄。由於氣溫不高，一早猶見院中昨夜冷露寒霜，我覺得蕭索，很有聊飲一杯的意念。八年前，一九八一年三月，我訪神州大陸，在「八千里路雲和月」系列文章，記述重返故鄉故都北京的那一篇末尾，這樣寫著：「另有祝福一願：願自由色彩、歡樂色彩長現鄉親面上，願那以灰藍色人民裝為基調的『藍色時期』早日結束。」如今，一個與抗戰等長的八年已經過去了，八十年代正緩緩沒隱入尾聲。灰藍色的人民裝基本上已被多彩多姿的衣衫取代，人民的自由也有限的增加了，臉上的笑容也多了。但是，這些都是皮表而已，在人民的內心，仍舊是灰藍色的基調吧。

且讓我舉酒遙祝：祝福陽光永在，讓陽光似醇酒一般，去溫暖、去充實每一個善良人民內心的空虛，讓這個帶來新希望的新年真的屬於他們。

注：「大頓」，即聚餐、大吃一頓。「打平伙」，即謂在農戶搭伙。

——一九八九年二月八日《中華日報》副刊

三民叢刊書目

①邁向已開發國家　孫　震著
②經濟發展啟示錄　于宗先著
③中國文學講話　王更生著
④紅樓夢新解　潘重規著
⑤紅樓夢新辨　潘重規著
⑥自由與權威　周陽山著
⑦勇往直前
　·傳播經營札記　石永貴著
⑧細微的一炷香　劉紹銘著
⑨文與情　琦　君著
⑩在我們的時代　周志文著
⑪中央社的故事（上）
　·民國二十一年至六十一年　周培敬著
⑫中央社的故事（下）
　·民國二十一年至六十一年　周培敬著
⑬梭羅與中國　陳長房著
⑭時代邊緣之聲　龔鵬程著
⑮紅學六十年　潘重規著
⑯解咒與立法　勞思光著
⑰對不起，借過一下　水　晶著
⑱解體分裂的年代　楊　渡著
⑲德國在那裏？（政治、經濟）
　·聯邦德國四十年　郭恒鈺　許琳菲等著
⑳德國在那裏？（文化、統一）
　·聯邦德國四十年　郭恒鈺　許琳菲等著
㉑浮生九四
　·雪林回憶錄　蘇雪林著
㉒海天集　莊信正著
㉓日本式心靈
　·文化與社會散論　李永熾著
㉔臺灣文學風貌　李瑞騰著
㉕干儛集　黃翰荻著

(26) 作家與作品　謝冰瑩著
(27) 冰瑩書信　謝冰瑩著
(28) 冰瑩遊記　謝冰瑩著
(29) 冰瑩憶往　謝冰瑩著
(30) 冰瑩懷舊　謝冰瑩著
(31) 與世界文壇對話　鄭樹森著
(32) 捉狂下的興嘆　南方朔著
(33) 猶記風吹水上鱗
・錢穆與現代中國學術　余英時著
(34) 形象與言語
・西方現代藝術評論文集　李明明著
(35) 紅學論集　潘重規著
(36) 憂鬱與狂熱　孫瑋芒著
(37) 黃昏過客　沙　究著
(38) 帶詩蹺課去　徐望雲著
(39) 走出銅像國　龔鵬程著
(40) 伴我半世紀的那把琴　鄧昌國著
(41) 深層思考與思考深層
・轉型期國際政治的觀察　劉必榮著
(42) 瞬　間　周志文著

(43) 兩岸迷宮遊戲　楊　渡著
(44) 德國問題與歐洲秩序　彭滂沱著
(45) 文學關懷　李瑞騰著
(46) 未能忘情　劉紹銘著
(47) 發展路上艱難多　孫　震著
(48) 胡適叢論　周質平著
(49) 水與水神
・中國的民俗與人文　王孝廉著
(50) 由英雄的人到人的泯滅
・法國當代文學論集　金恆杰著
(51) 重商主義的窘境　賴建誠著
(52) 中國文化與現代變遷　余英時著
(53) 橡溪雜拾　思　果著
(54) 統一後的德國　郭恆鈺主編
(55) 愛廬談文學　黃永武著
(56) 南十字星座　呂大明著
(57) 重疊的足跡　韓　秀著
(58) 書鄉長短調　黃碧端著
(59) 愛情・仇恨・政治
・漢姆雷特專論及其他　朱立民著

(60) 蝴蝶球傳奇　顏匯增著

・真實與虛構

(61) 文化啓示錄　南方朔著

(62) 日本這個國家　章　陸著

(63) 在沉寂與鼎沸之間　黃碧端著

(64) 民主與兩岸動向　余英時著

(65) 靈魂的按摩　劉紹銘著

(66) 迎向眾聲　向　陽著

・八〇年代臺灣文化情境觀察

(67) 蛻變中的臺灣經濟　于宗先著

(68) 從現代到當代　鄭樹森著

(69) 嚴肅的遊戲　楊錦郁著

・當代文藝訪談錄

(70) 甜鹹酸梅　向　明著

(71) 楓　香　黃國彬著

(72) 日本深層　齊　濤著

(73) 美麗的負荷　封德屏著

(74) 現代文明的隱者　周陽山著

(75) 煙火與噴泉　白　靈著

(76) 七十浮跡　項退結著

・生活體驗與思考

(77) 永恆的彩虹　小　民著

(78) 情繫一環　梁錫華著

(79) 遠山一抹　思　果著

(80) 尋找希望的星空　呂大明著

(81) 領養一株雲杉　黃文範著

(82) 浮世情懷　劉安諾著

(83) 天涯長青　趙淑俠著

(84) 文學札記　黃國彬著

(85) 訪草（第一卷）　陳冠學著

(86) 藍色的斷想　陳冠學著

・孤獨者隨想錄

A・B・C全卷

(87) 追不回的永恆　彭　歌著

(88) 紫水晶戒指　小　民著

(89) 心路的嬉逐　劉延湘著

(90) 情書外一章　韓　秀著

(91) 情到深處　簡　宛著

(92) 父女對話　陳冠學著

93	陳冲前傳	嚴歌苓著
94	面壁笑人類	祖　慰著
95	不老的詩心	夏鐵肩著
96	雲霧之國	合山　究著
97	北京城不是一天造成的	喜　樂著
98	兩城憶往	楊孔鑫著
99	詩情與俠骨	莊　因著
100	文化脈動	張　錯著
101	桑樹下	繆天華著
102	牛頓來訪	石家興著
103	深情回眸	鮑曉暉著
104	新詩補給站	渡　也著
105	鳳凰遊	李元洛著
106	文學人語	高大鵬著
107	養狗政治學	鄭赤琰著
108	烟　塵	姜　穆著
109	河　宴	鍾怡雯著
110	滬上春秋	章念馳著
111	愛廬談心事	黃永武著
112	吹不散的人影	高大鵬著
113	草鞋權貴	嚴歌苓著
114	是我們改變了世界	張　放著
115	夢裡有隻小小船	夏小舟著
116	狂歡與破碎	林幸謙著
117	哲學思考漫步	劉述先著
118	說　涼	水　晶著
119	紅樓鐘聲	王熙元著
120	寒冬聽天方夜譚	保　真著
121	儒林新誌	周質平著
122	流水無歸程	白　樺著
123	偷窺天國	劉紹銘著
124	倒淌河	嚴歌苓著
125	尋覓畫家步履	陳其茂著
126	古典與現實之間	杜正勝著
127	釣魚臺畔過客	彭　歌著
128	古典到現代	張　健著
129	帶鞍的鹿	虹　影著
130	人文之旅	葉海煙著

131 生肖與童年　小民著　喜樂圖
132 京都一年　林文月著
133 山水與古典　林文月著
134 冬天黃昏的風笛　呂大明著
135 心靈的花朵　戚宜君著
136 親　戚　韓　秀著
137 清詞選講　葉嘉瑩著
138 迦陵談詞　葉嘉瑩著
139 神　樹　鄭　義著
140 琦君說童年　琦　君著
141 域外知音　張堂錡著
142 遠方的戰爭　鄭寶娟著
143 留著記憶・留著光　陳其茂著
144 滾滾遼河　紀　剛著
145 王禎和的小說世界　高全之著
146 永恆與現在　劉述先著
147 東方・西方　夏小舟著
148 嗚咽海　程明琤著

---

149 沙發椅的聯想　梅　新著
150 資訊爆炸的落塵　徐佳士著
151 沙漠裡的狼　白　樺著
152 風信子女郎　虹　影著
153 塵沙掠影　馬　遜著
154 飄泊的雲　莊　因著
155 和泉式部日記　林文月譯・圖
156 愛的美麗與哀愁　夏小舟著
157 黑　月　樊小玉著
158 流香溪　季　仲著
159 史記評賞　賴漢屏著
160 文學靈魂的閱讀　張堂錡著
161 抒情時代　鄭寶娟著
162 九十九朵曇花　何修仁著
163 說故事的人　彭　歌著
164 日本原形　齊　濤著
165 從張愛玲到林懷民　高全之著
166 莎士比亞識字不多？　陳冠學著
167 情思・情絲　龔　華著

⑱說吧，房間　林　白著
⑲自由鳥　鄭　義著
⑰魚川讀詩　梅　新著
⑰好詩共欣賞　葉嘉瑩著
⑰永不磨滅的愛　楊秋生著
⑰晴空星月　馬　遜著
⑰風　景　韓　秀著
⑰談歷史　話教學　張　元著
⑰兩極紀實　位夢華著
⑰遙遠的歌　夏小舟著
⑰時間的通道　簡　宛著
⑰燃燒的眼睛　簡　宛著
⑱月兒彎彎照美洲　李靜平著
⑱愛廬談諺詩　黃永武著
⑱劉真傳　黃守誠著
⑱天涯縱橫　位夢華著
⑱新詩論　許世旭著
⑱天　讀　張　放著
⑱綠野仙蹤與中國　賴建誠著
⑱標題飆題　馬西屏著
⑱詩與情　黃永武著
⑱鹿　夢　康正果著
⑲蝴蝶涅槃　海　男著
⑲半洋隨筆　林培瑞著
⑲沈從文的文學世界　王繼志、陳　龍著
⑲送一朵花給您　簡　宛著
⑲波西米亞樓　嚴歌苓著

199
小歷史——歷史的邊陲
林富士　著

想窺視求符籙、作法事、占夢等流傳已久的巫覡傳統嗎？想了解中元普渡傳統祭典的現代性格嗎？屎尿、頭髮與人肉又有哪些有趣的象徵意義呢？處於多元化的社會，這些「邊緣」文化所表現出民眾對鬼神及自然界不可知力量的敬畏，值得您深入探討。

200
再回首
鄭寶娟　著

本書收錄作者近期滿意的短篇創作十四篇，情感深刻，直指人心。誰說小說都只是風花雪月、不食人間煙火的夢幻，作者藉著細膩的感觸、流暢的敘述筆力，結構出人生各個層面的真情實感；而正因這份真實，讓人感歎紅塵種種的可貴與無奈。

201
舊時月色
張堂錡　著

「每個人都有自己的日光風景，每個世代的人都會創造出獨特的回憶。……只要流過汗水，踏實走過，每一步都會閃著黃金般的亮光。」這本散文集或敘童年往事，或寫人物情緣，或抒讀書雜感，是作者向青春，向散文告別的見證，讀來別有感懷。

202
進化神話第一部：駁達爾文《物種起源》
陳冠學　著

達爾文《物種起源》一書，闡釋了「物競天擇，適者生存」的自然進化學說。一百多年來，人們一直戴著這副偏光鏡片去觀察世界，而不自知。本書以科學的論述，客觀地指出進化理論的矛盾意想，層層揭露了進化神話的迷思。

203
大話小說
莊因 著

作者以其亦莊亦諧的筆調，探觸華人世界的生活百態，這其中有憶往記遊、有典故，當然還有他所嗜好的飲食文化，綜觀全書，不時見他出入人群，議論時事，批評時弊，本著知識份子的良知良行，期待著中國人有「說大話而不臉紅的一天」。

204
人禍
彭道誠 著

太平天國起義是近代不容忽視的歷史事件，他們主張男女平等，要解百姓倒懸之苦。而戰無不勝勢如破竹的天朝，卻在攻下半壁江山後短短幾年由盛而衰，終為曾國藩所敗，何以有此劇變？讀者可從據史實改編的本書中發現端倪。

205
殘片
董懿娜 著

讀董懿娜的小說就像凝視一朵朵淒美的燭光。她筆下的女主人翁大都是敏感又聰明的人物，明明知道等待著她的是絕望，她還要希望。而她們的命運遭遇，會讓人覺得曾經在塵世間匆匆一瞥。本書就在作者獨特細緻的筆觸下，編排著夢一般的真實。

206
陽雀王國
白樺 著

中國施行共產主義，在政治、文化、生活作了種種革新，人民在一波波浪潮衝擊下，徘徊新舊之間。本書文字自然流暢，以一篇篇小說寫出時代轉變下豐富的眾生相，可喜、可憎、可愛的人生際遇，反應當時社會背景，讀之，令人動容。

207
懸崖之約
海男 著

「男人與女人在此約會中的故事，貫穿著一個幸運的結局和另一個戲劇的結局」。一個患腦癌的四十歲女子，她要在去天堂之前去訪問記憶中銘心刻骨的每一個朋友，也許是密友、情人、前夫，她的生活因為有了昨日的記憶，將展開一段不同的旅程。

208
神交者說
虹影 著

人的情感總是同時交雜著出現，很難只用喜悅、悲傷、恐懼等單純詞語完整表達。而本書作者細緻地記述回憶或現實的片段，藉以呈現許多情況下（如養父過世，或只是邂逅陌生人等）人複雜多變的感覺，使讀者能自然地了解書中的情境與人物的感受。

209
海天漫筆
莊因 著

或「拍案叫好」或「心有戚戚」或「捫心自思」，作者以其多年旅居海外經驗，與自身文化激盪的心得，發為一篇篇散文，不但將中華文化精萃發揚，亦介紹西方生活的真善美。且看「海」的那片「天」空下，作者浪「漫」的妙「筆」！

國家圖書館出版品預行編目資料

大話小說 / 莊因著 -- 初版. -- 臺北市：三民，民89
冊； 公分. --（三民叢刊；203）
ISBN 957-14-3100-1(平裝)

855　　88014712

網際網路位址 http://www.sanmin.com.tw

著作人 莊 因
發行人 劉振強
著作財產權人 三民書局股份有限公司
臺北市復興北路三八六號
發行所 三民書局股份有限公司
地址/臺北市復興北路三八六號
電話/二五〇〇六六〇〇
郵撥/〇〇〇九九九八——五號
印刷所 三民書局股份有限公司
總經銷 三民書局股份有限公司
門市部 復北店/臺北市復興北路三八六號
重南店/臺北市重慶南路一段六十一號
初 版 中華民國八十九年一月
編 號 S 85514
基本定價 參元貳角
行政院新聞局登記證局版臺業字第〇二〇〇號

ISBN 957-14-3100-1 （平裝）